Leanne Lucas
Ein Dieb im Hotel

Leanne Lucas

Ein Dieb im Hotel

Christliche Verlagsgesellschaft
Dillenburg

Impressum

Lucas, Leanne:
Ein Dieb im Hotel

ISBN 3-89436-310-X

Originaltitel: Addie McCormick and the Chicago Surprise

Übersetzung: Gabriele Erkens, Monheim
Satz: Christlicher Literaturdienst H. W. Deppe, Bielefeld
Umschlaggestaltung: Eberhard Platte, Wuppertal
Druck und Bindung: Elsnerdruck, Berlin

Printed in Germany

Inhalt

Kapitel 1

Operation »Fröhliche Weihnachten«

Addie stopfte ihren langen dunklen Pferdeschwanz energisch unter ihre Wollmütze und zog die Handschuhe an. »Um fünf Uhr bin ich zurück, Dad«, sagte sie und gab ihrem Vater einen flüchtigen Kuss auf die Wange.

»In Ordnung, Spatz«, erwiderte er. »Viel Spaß.«

»Vielen Dank fürs Mitnehmen, Mr. McCormick«, sagte Nick Brady. Nick war ein Nachbarjunge und ein guter Freund von Addie. Er zog die Kapuze seines Schneeanzuges über und öffnete die hintere Tür des Wagens.

»Ja, vielen Dank«, sagte auch Brian Dennison. Brian war auch ein Freund. Er hatte im ersten Schulhalbjahr bei Nicks Familie gewohnt, weil sein Vater für seine Firma eine Filiale in Japan aufgebaut hatte.

Knöcheltief standen die Kinder nun im Schnee und schauten mit glänzenden Augen auf das Bild, das sich ihnen bot. Letzte Nacht waren zehn Zentimeter feinster Pulverschnee gefallen und hier in Miss T.'s Garten hatte kein Schneeschieber die märchenhafte Winterlandschaft zerstört. Es war wunderschön, den ersten Ferientag zu Weihnachten hier zu beginnen.

Addie ließ sich rückwärts auf den Boden fallen und begann die Arme neben sich hoch und runter zu schieben. So entstand ein Schneeengel. Lange war sie allerdings nicht ungestört. Ein dicker Schneeball schlug direkt neben ihr ein, dann stand Nick über ihr mit einem noch viel dickeren in der Hand. Genau in dem Augenblick, als er ihn fallen ließ rollte sie zur Seite, zog kräftig an seinem Hosenbein und brachte ihn neben sich zu Fall.

Das war der Beginn einer Schneeballschlacht, in der jeder gegen jeden kämpfte. Bald waren sie alle schneebedeckt und hatten knallrote Gesichter von der Kälte.

»Frieden!«, keuchte Brian schließlich. Er zog seine Wollmütze vom Kopf und schüttelte kleine Eisstückchen aus den glatten blonden Haaren, die ihm in die Stirn fielen.

Nick klopfte energisch seine Hände aneinander, um die Schneeklumpen loszuwerden, die sich an seinen Ärmeln angesammelt hatten. Addie steckte das Gesicht in ihre Armbeuge und versuchte ihre Nase wieder aufzuwärmen, die mittlerweile eiskalt geworden war.

Die Hintertür schwang auf, und Miss T. lächelte die drei schnaufenden Kinder an. »Ich habe euch vom Fenster aus zugeschaut«, sagte sie lachend. »Und es sieht so aus, als hättest du das meiste abbekommen, Mr. Brady!«

»Ach wirklich?«, rief Nick. Er wischte schnell eine Hand voll Schnee vom Boden auf und warf in Miss T.'s Richtung. Er hatte nicht auf sie gezielt, aber sie zog die Tür zu. Man konnte ja nie wissen. Der Schnee traf die Hauswand weit entfernt.

Die leichte Erschütterung verursachte eine kleine Lawine, die sich vom Dach löste. Mehrere dicke Schneebrocken landeten auf der Terrasse. Miss T. öffnete die Tür noch einmal.

»Oh nein!«, stöhnte Brian plötzlich.

»Was ist los?«, fragte die alte Dame.

Er deutete wortlos auf die Straße. Ungefähr einen Kilometer entfernt konnten sie den jetzt für alle vertrauten Umriss eines Fernsehübertragungswagens erkennen, der sich dem Haus näherte.

Nick seufzte gequält. »Besuch«, sagte er zu Miss T.

»Schon wieder?«, fragte sie ungläubig. »Ich bin sicher, dass ich heute keine Termine habe.«

»Seit wann brauchen diese Leute einen Termin?«, brummelte Nick. Er sprach von den unzähligen Reportern aus Fernsehen, Rundfunk und Presse, die seit sechs Wochen Miss T.'s Haus umlagerten.

Bis zum Sommer vor einem Jahr war Miss T. nur eine kleine alte Dame gewesen, die ihr Leben auf dem ländlichen Familiensitz im mittleren Illinois fristete. Aber dann lernte sie Addie und Nick kennen. Und es dauerte nicht lange, bis die Kinder Dinge herausfanden, die bis dahin kein anderer wusste.

Fünfundvierzig Jahre früher war Eunice Tisdale, die sich von den Kindern Miss T. nennen ließ, nach Hollywood gegangen und wollte dort zu Geld und

Ruhm kommen. Sie war selbst überrascht, dass sie sofort und schnell Erfolg hatte. Sie war das, was man einen »Shooting Star« nennt. Die Filmbosse änderten ihren Namen in Tierny Bryce, und bald spielte sie Hauptrollen in Filmen mit dem beliebtesten männlichen Star in Hollywood, nämlich Winston Rinehart. Aber Tierny Bryce fühlte sich schnell sehr unglücklich in der glitzernden Scheinwelt von Hollywood. Als sie in einer Oktobernacht plötzlich die Chance hatte, ihren eigenen Tod vorzutäuschen und so aus Hollywood zu verschwinden, zögerte sie keinen Augenblick. Eunice Tisdale kehrte nach Hause zurück und sie lebte glücklich und zufrieden für viele Jahre.

Dann tauchten Addie und Nick auf, und bald war ihr Geheimnis keines mehr. Irgendwie war die alte Dame froh, dass die Kinder alles über ihre Vergangenheit herausgefunden hatten. Die Last der Geheimhaltung, die sie so viele Jahre hatte tragen müssen, war nun verschwunden. Aber der Preis dafür war der Rummel, der nun um sie herrschte, und manchmal hatte sie das Gefühl, dass die Schlange von Reportern, Interviews, Fotos und Fragen nie enden wollte. So wie heute.

»Nun, ich denke, ich muss mit ihnen sprechen«, seufzte die alte Dame.

»Sagen Sie ihnen, dass sie sich verdünnisieren sollen«, schlug Nick vor.

Miss T. lächelte angesichts Nicks unverfrorener Art. »Ich fürchte, ich muss doch ein wenig taktvoller sein«, sagte sie. »Obwohl ich mir manchmal wünsche, es gäbe eine elegante Art, sie alle einfach vor die Tür zu setzen.«

Der Van fuhr um das Haus herum und hielt ziemlich genau vor den drei Kindern. Die Schiebetür schwang auf und zuerst stieg mit lautem Ächzen ein Mann bepackt mit viel Ausrüstung ins Freie. Es folgten ein Kameramann und dann die Reporterin.

Es war wieder eine hübsche, adrette Brünette mit strahlend weißen Zähnen. Addie konnte all diese Reporter nicht mehr auseinander halten, und Nick warf ihr einen bedeutungsvollen Blick zu.

»Info-Tussi«, zischte er leise. Brian und Addie grinsten. Nick und sein Vater hatten sich angewöhnt, all diese jungen Reporterinnen »Info-Tussis« zu nennen, obwohl Mrs. Brady den Ausdruck menschenverachtend fand und böse wurde, wenn sie ihn gebrauchten.

»Hi!«, sagte die junge Frau mit strahlendem Lächeln. »Ich wette, ihr seid Addie McCormick und Nick Brady, stimmt's? Die beiden neugierigen Kleinen, die unseren lange verschollenen Filmstar wieder ausfindig gemacht haben. Lauft nicht weg, okay? Mit euch möchte ich nämlich auch noch reden!«

Nicks leises Knurren konnten nur Addie und Brian hören. Addie verbiss sich angestrengt das Lachen und schüttelte den Kopf. »Unsere Eltern möchten nicht, dass wir Interviews geben«, konnte sie gerade noch hervorstoßen.

»Ach, nicht mal ein paar kurze Fragen?«

»Nein, ich fürchte nicht«, sagte Miss T. resolut. »Ich muss darauf bestehen, dass meine Freunde nicht behelligt werden. Ich habe ihren Eltern versprochen, dass ich den ganzen Medienrummel von ihnen fern halten werde.«

»In Ordnung, Miss Bryce«, erwiderte die junge Frau mit honigsüßem Lächeln. »Ganz wie Sie wünschen. Mein Name ist Tawny Pierson-Smythe und ich komme vom WBAB Kanal aus Chicago. Sie haben doch sicher nichts dagegen, wenn ich *Ihnen* ein paar Fragen stelle ...«

Während die junge Dame ihr Interview mit den üblichen hochgestochenen Floskeln einleitete, winkte Nick seine Freunde heran. »Kommt mit«, flüsterte er und führte sie um die Hausecke herum. Er formte dicke weiße Schneebälle. »Fahren wir doch fort im Text ... Fröhliche Weihnachten!«, flötete er mit aufgesetztem Tawny Pierson-Smythe Grinsen. Er schleuderte mit aller Kraft einen dicken Schneeball gegen die Nordwand des Hauses. Brian lachte schallend und machte begeistert mit.

»Was um alles in der Welt macht ihr da?«, fragte Addie.

»Hilf einfach mit«, sagte Nick. »Du wirst schon sehen.«

»Okay«, meinte Addie und nahm eine Hand voll Schnee. Sie schmiss einen dicken Klumpen gegen das Haus, dass es nur so klatschte.

»Klasse!«, sagte Nick, »mach weiter so.«

Also warfen Addie und die Jungen weiter dicke Schneebälle gegen die Hauswand. Wusch, wusch,

wusch – schön regelmäßig. Dann gab Nick ein Zeichen aufzuhören.

»Jetzt hört mal zu!«, sagte er.

Sie lauschten ganz still und hörten, wie sich auf dem Dach ein kleines Schneebrett löste. Dann schauten sie eilig um die Hausecke, gerade noch rechtzeitig um zu sehen, wie eine Minilawine vom Dach genau auf die völlig überraschte Tawny und ihre Begleiter herunterstürzte.

»Ach du meine Güte!«, hörten sie Miss T. sagen. Sie stand geschützt in der Eingangstür. »Wie schrecklich! Sie sind ja völlig durchgeweicht.«

Mrs. Pierson-Smythe war von einer weißen Schneeschicht bedeckt und ihr eben noch so lockeres Haar klebte nun platt an ihrem Kopf.

»Vielleicht können Sie ja einen Termin vereinbaren und irgendwann nächste Woche wiederkommen«, meinte Miss T. freundlich, und die Kinder konnten hören, dass sie sich mühsam das Lachen verbiss.

»Vielleicht«, war alles, was Tawny stammeln konnte. Wütend stapfte sie zurück zum Van. Die zwei Männer folgten ihr. Die Autotür flog auf und Tawny schmiss ihren Mantel hinein, während sie immer noch Schneereste unter ihrem Kragen hervorkratzte. »Bringt diesen Karren ans Laufen«, zischte sie, »ehe ich mir den Tod hole!«

Der Motor heulte auf und die Reifen drehten auf dem matschigen Schnee zunächst durch, bis der Wagen schließlich die Einfahrt hinunterschoss und in Richtung Stadt davonfuhr.

»Fröhliche Weihnachten!«, rief Nick.

Addie plumpste keuchend vor Lachen in den Schnee, während Brian am Haus lehnte und sich nach Luft ringend den Bauch hielt.

Miss T. stand an der Hintertür. Ihr Gesicht war ganz verkniffen vor lauter Anstrengung, die kichernden Kinder ernst anzusehen. Nicks dunkle Augen sprühten und er grinste sie an. »Tut mir ja sooo Leid.«

»Zweifellos«, sagte Miss T. trocken.

Das Geräusch eines herannahenden Autos ließ alle verstummen. Diesmal war es das Auto der Familie Brady und Nick wunderte sich.

»Was macht denn mein Vater hier?«

Der Wagen hielt und Mr. Brady und sein Begleiter stiegen aus. Addie kannte den anderen Mann nicht.

Aber mit einem Juchzen stürzte Brian an Addie vorbei und flog seinem Vater in die Arme.

Kapitel 2

Unerwartete Pläne

Einige Augenblicke lang hielt Mr. Dennison seinen Sohn fest umschlungen und Addie nutzte die Gelegenheit, sich die beiden genau anzuschauen. Sie war überrascht. Brian sah seinem Vater überhaupt nicht ähnlich. Er hatte dunkelblondes Haar und braune Augen; Brad Dennison dagegen hatte rötliches Haar und grüne Augen. Er war ein gut aussehender Mann mit einem herzlichen Lächeln.

Brian hat das Aussehen wohl von seiner Mutter geerbt, folgerte Addie im Stillen. Mrs. Dennison war vor zwei Jahren verstorben.

»Wie läuft's denn so, Nick?«, fragte Mr. Dennison, zog Nick zu sich heran und umarmte ihn.

»Super!«, grinste Nick. »Absolut super.«

Dann schaute der ältere Mann zu Addie und lächelte breit. »Hi, Addie«, sagte er. »Wie schön, dich endlich einmal kennen zu lernen! Brian schreibt immer viel von dir und Nick.«

»Hi, Mr. Dennison«, antwortete sie leise. »Er spricht auch sehr viel von Ihnen.«

»Ich kann gar nicht glauben, dass du wirklich hier bist«, sagte Brian und sein Gesicht strahlte immer noch. »Ich dachte, du wolltest mich erst nach Weihnachten holen. Irgendwann im Januar.«

Mr. Dennison hob die Schultern. »Ich konnte einfach nicht mehr warten. Ich habe dich so sehr vermisst«, sagte er ruhig.

Brian blinzelte und musste hart schlucken. »Ich habe dich auch vermisst«, murmelte er.

»Nun«, sagte Mr. Brady ein bisschen zu laut. »Es tut mir Leid, wenn ich euren schönen Nachmittag kaputtmache, aber ich glaube, Brian möchte jetzt ein bisschen Zeit allein mit seinem Vater verbringen. Stimmt's, Brian?«

Brian nickte und Nick meinte: »Ich kann es kaum erwarten, alles über Japan zu hören!«

»Das wirst du auch«, stellte Mr. Brady in Aussicht, »aber noch nicht heute. Brad bringt uns beide jetzt nach Hause und dann fährt er mit Brian in die Stadt zum Essen.«

Nicks Lächeln verblasste, aber er nickte. »Gute Idee. Ich wette, da gibt's eine Menge zu erzählen.«

»Sollen wir dich nach Hause fahren, Addie?«

Miss T. schaltete sich ein. »Ich backe noch Kekse, kleines Fräulein. Wenn du helfen möchtest, kannst du gerne noch bleiben.«

Addie lachte. »Mit Schokostückchen?«

»Was denn sonst?«, entgegnete die alte Dame schmunzelnd.

Die beiden Männer machten sich mit ihren Söhnen auf den Weg. Addie verbrachte den restlichen Nachmittag damit, Teig zu naschen und mit Miss T. und Amy, ihrer Hausdame, zu backen. Die Zeit verging wie im Flug und bald stand Mr. McCormicks Wagen vor der Tür. Dann saß Addie mit einer Platte voller frischer, warmer Plätzchen neben ihrem Vater im Auto.

»Mmm, Mann, sind die lecker«, bemerkte ihr Vater zwischen zwei Bissen.

»Brians Vater ist da«, verkündete Addie, als sie in die Straße einbogen.

»Ich weiß«, brummelte ihr Vater, und ein Kekskrümel fiel ihm auf den Schoß.

»Seit wann denn?«, fragte Addie forschend. »Wusstest du schon, dass er kommen würde, als du uns zu Miss T. gebracht hast?«

»Ja.«

»Dad!«

»Sie wollten Brian überraschen, und so beschlossen wir, alles so zu lassen, wie ihr es geplant hattet, als ob gar nichts Besonderes wäre.«

»Die Überraschung ist euch gelungen, das steht schon mal fest«, sagte Addie. »Das wird ein tolles Weihnachtsfest für ihn.«

»Es wird auf jeden Fall anders sein«, antwortete ihr Vater.

»Was meinst du damit?«

Mr. McCormick sah seine Tochter rasch von der Seite an. »Haben sie nichts gesagt?«

»Was denn gesagt?«

»Brian und sein Vater fahren übermorgen. Sie besuchen für einige Tage noch Verwandte in Ohio und werden dann zu Weihnachten in Japan sein.«

Addie starrte stur geradeaus. »Ich dachte … sie würden … im Januar fahren«, flüsterte sie kaum hörbar. »Oder zumindest nach Weihnachten.«

Mr. McCormick schüttelte den Kopf und nahm ihre Hand. »Es tut mir Leid, Spatz. Ich dachte, sie hätten dir davon erzählt. Mr. Dennison muss noch vor Weihnachten wieder zurück sein. Er steht kurz vor einem Geschäftsabschluss mit einigen wichtigen Kunden, und der Vertrag muss noch vor Jahresfrist unterzeichnet sein.«

Addie zuckte nur mit den Schultern und schaute aus dem Fenster. »Schon in Ordnung, Dad«, sagte sie, aber es war gar nichts in Ordnung. Obwohl sie selbst schon einige Male umgezogen war, war doch noch nie ein enger Freund von ihr weggezogen. Das war ein komisches Gefühl, und sie hatte nicht den Eindruck, dass sie es besonders mochte.

Nick mochte es auch nicht.

Am nächsten Morgen baute er mit Addie zusammen einen Schneemann im Vorgarten. Brian war mit seinem Vater wieder in die Stadt gefahren. Sie wollten vor der Abreise noch einige neue Sachen zum Anziehen für Brian kaufen. Jesse Kate, Nicks kleine Schwester, war mit ihnen draußen.

»Ich kann nicht glauben, dass sie das wirklich tun«, brummelte Nick. »Ich meine so ganz ohne Vorwarnung!«

»Wir wussten, dass er im Januar abreisen würde«, erinnerte Addie ihn.

»Schon, aber die Rede war von *Januar*«, sagte Nick. »Das ist noch lange hin.«

»Ganze zwei Wochen.«

Nick schleuderte eine Hand voll Schnee in Addies Richtung. »Du weißt genau, was ich meine. Auch wenn es nur noch zwei Wochen sind. Ich war darauf vorbereitet.« Er schwieg einen Augenblick. »Auf das, was jetzt passiert, war ich nicht vorbereitet.«

»Ich auch nicht«, stimmte Addie ihm zu.

»Es wäre einfacher, wenn Brian wenigstens ein bisschen traurig wäre«, beschwerte Nick sich. »Aber er ist so glücklich – das ist schon unanständig.«

Addie kicherte. »Komm schon, Nick, sei nicht so egoistisch. Er hat seinen Dad sehr vermisst.«

»Mich wird er wahrscheinlich überhaupt nicht vermissen.«

»Doch natürlich«, versicherte Addie ihrem Freund. »Aber du kannst ihm doch nicht vorwerfen, dass er mit seinem Vater zusammen sein möchte. Sei ehrlich. Würdest du deine Familie nicht vermissen, wenn du getrennt von ihr irgendwo leben müsstest?«

»Da bin ich mir nicht so sicher«, murmelte Nick, während er durch den Garten stapfte, um Jesse Kate aus einem Schneeloch zu ziehen, in dem sie ihr Gesicht eingegraben hatte. »Lass das, Jess, deine Nase wird noch abfrieren!«

Die Kleine hatte entdeckt, wie viel Spaß es macht, Schnee zu essen. Aber sie war in ihren Schneeanzug so eingemummelt, dass sie mit den Händen den Boden nicht erreichen konnte. So hatte sie beschlossen, sich auf den Popo fallen zu lassen und dann nach vorne umzukippen, um mit dem Mund an den leckeren Schnee zu kommen.

»Du würdest sie sehr vermissen«, lachte Addie.

»Ja genau.« Nick trug das kleine Mädchen zu dem halbfertigen Schneemann hinüber, während sie ihm mit den nassen Handschuhen liebevoll ins Gesicht patschte. »Du bleibst jetzt hier und hilfst Addie und mir«, befahl er.

Sie lachte ihn freundlich an, also setzte er sie auf den Boden. Schneller als er gucken konnte, war sie schon wieder davongewatschelt, ließ sich auf die Knie und nach vorne fallen und lag wieder mit dem Gesicht im Schnee.

»Jess!«, schrie Nick verzweifelt.

»Ist schon in Ordnung, Nick«, rief Mrs. Brady von der Hintertür. Sie kam ohne Mantel die Stufen herunter und blieb am Rand des Weges stehen. »Komm her, Schätzchen«, rief sie das kleine Mädchen zu sich. »Zeit hereinzukommen. Mama braucht deine Hilfe.« Sie klatschte in die Hände und breitete die Arme aus.

»Sie kommt sowieso nicht«, brummelte Nick. »Sie macht nie, was man sagt.«

Wie um ihren großen Bruder Lügen zu strafen, watschelte Jesse schnell in Mamas Arme und winkte zum Abschied, als die beiden ins Haus gingen.

»Ach, jetzt habe ich fast vergessen, warum ich überhaupt herausgekommen bin«, sagte Mrs. Brady. »Miss T. hat eben angerufen. Sie möchte, dass ihr Kinder heute Nachmittag zu ihr kommt, sie möchte euch etwas fragen. Deine Mom bringt euch hin, Addie.«

»Aber Brian ist nicht hier«, protestierte Nick.

Mrs. Brady lächelte. »Ich glaube, diese Sache betrifft Brian auch nicht, Nick«, sagte sie.

»Was ist denn jetzt los?«, fragte er Addie.

Sie zuckte die Achseln. »Keine Ahnung, aber ich nehme an, wir werden es bald herausfinden. Da ist meine Mom schon.«

Mrs. McCormick hupte und winkte Mrs. Brady zu, während Nick und Addie den Schnee abbürsteten und ins Auto stiegen.

»Was ist denn los, Mom?«

Mrs. McCormick lachte nur. »Ich denke, ihr solltet abwarten und mit Eunice sprechen.«

»Also wissen Sie, um was es geht, und wollen es nur nicht verraten, richtig?«, folgerte Nick, aber Mrs. McCormick ließ sich nicht aus der Reserve locken und verriet nichts.

Als sie das Haus der alten Dame erreichten, hielt Miss T. am Küchenfenster schon Ausschau nach ihnen. Addies Mutter stellte den Wagen ab und folgte den Kindern ins Haus.

»Kommt herein, kommt herein«, sagte Miss T. Sie deutete auf die Stühle rund um den Tisch und alle setzten sich. Nick nahm sich ein Plätzchen aus der Keksdose.

»Nun, kleines Fräulein, ich denke, ich komme am besten gleich zum Wesentlichen.« Miss T. lachte. »Eure Eltern haben mir berichtet, dass Brian morgen nach Japan abreist.«

Addie runzelte die Stirn und nickte.

»Und ich bin sicher, dass ihr ihn furchtbar vermissen werdet.«

Diesmal nickten beide.

»Hättet ihr Lust etwas zu unternehmen, was euch ein bisschen von eurem Kummer ablenkt?«

»Zum Beispiel?«, fragte Nick vorsichtig.

»Ich bin sicher, ihr wisst, dass das Kensington Museum für Darstellende Kunst in Chicago an diesem Wochenende die Ausstellung von Tierny Bryce Erinnerungsstücken eröffnet.« Miss T.'s Identität war teilweise gelüftet worden, weil sie einige der Erinnerungsstücke verkauft hatte, die sie aus ihren Tagen als Hollywood-Star aufgehoben hatte. Die komplette Sammlung war jetzt auf Tournee durch verschiedene Museen im ganzen Land.

»Man hat mich gebeten am Samstagabend bei der Eröffnungsfeier zu sprechen.«

»Soll das heißen, Sie fahren auch noch weg?«, beschwerte sich Nick.

»Nur für ein paar Tage«, beruhigte ihn Miss T. lächelnd. »Außerdem könnten Amy und ich etwas Gesellschaft gebrauchen.«

Addies Augen wurden immer größer, als sie von Miss T. zu ihrer Mutter und dann wieder zu Miss T. schaute. »Uns?«, fragte sie ungläubig.

Ihre Mutter nickte.

»Sie meinen – *nur* uns?«

Ihre Mutter lachte und nickte noch einmal.

Nick war noch skeptisch. »Wissen meine Eltern überhaupt schon davon?«, fragte er.

»Selbstverständlich«, sagte Miss T.

»Und sie haben es erlaubt?«, konnte er gerade noch herausquetschen.

»Allerdings haben sie das.«

Addie und Nick starrten sich voller Unglauben an. Dann brachen bei Addie die Dämme der Begeisterung. »Ja, *Ja*, JA!«

»Chicago«, hauchte Nick. »Alleine!«

Kapitel 3

Auf Wiedersehen, Brian – Hallo, Chicago!

»Nicht ganz alleine«, sagte Addies Mutter.

Nick lächelte Mrs. McCormick begütigend an. »Natürlich meine ich nur ... ohne Eltern«, erklärte er schnell.

»Aber keineswegs ohne Aufsicht«, sagte Miss T. ernst. »Amy und ich werden natürlich bei euch sein. Trotzdem dachten wir, dass es nett wäre, noch eine jüngere Person dabeizuhaben, die mit euch Schritt halten kann. Und so wird Amys Neffe, Sam, im Hotel zu uns stoßen. Er kennt sich gut in Chicago aus und kann uns helfen, dass wir uns zurechtfinden. Er hat gerade sein Studium an der Universität von Chicago begonnen.«

»Super!«, rief Nick. Dann erlosch die Fröhlichkeit in seinem Gesicht. »Ich wünschte nur, Brian könnte dabei sein.«

»Brian wird sehr glücklich sein dort, wo er hinfährt, und die Reise nach Chicago soll euch ein wenig von der Trennung ablenken«, sagte Mrs. McCormick freundlich. »Lasst uns dem Herrn dankbar sein, dass er jeden Einzelnen von uns zu Weihnachten so wunderbar beschenkt hat, okay?«

Nick und Addie nickten. Addie umarmte Miss T.

und drückte sie fest. »Vielen, vielen Dank Miss T. Ich glaube, das werden ganz tolle Ferien!«

»Das denke ich auch«, stimmte Nick zu und drückte die alte Dame kurz. »Wann fahren wir los?«

»Donnerstagmorgen wird Willard uns um acht Uhr nach Chicago mitnehmen. Er hat nachmittags einen Geschäftstermin dort, und so dachte ich, es würde einfacher sein, gleich mit ihm zu fahren, als einen Charterflug vom Rankins Flughafen zu nehmen.«

»Dad und ich werden am Montagmorgen kommen und euch abholen«, fügte Mrs. McCormick noch an. »Ihr werdet Heiligabend alle wieder zu Hause sein.«

Plötzlich stand Addie auf. »Wir sollten schon mal nach Hause fahren, um zu packen, wenn wir bereits übermorgen aufbrechen.«

»Was ist schon großartig zu packen?«, fragte Nick verwundert. »Schmeiß einfach ein paar Jeans und Sweatshirts in den Koffer, Socken, Unterwäsche und Zahnbürste dazu – was sonst noch?«

Addie verdrehte die Augen, und Miss T. legte Nick sachte einen Arm um die Schultern. »Du wirst einen Anzug und einen Schlips brauchen, junger Mann. Diese Eröffnungsfeier ist ein offizieller Empfang. Und Jeans und Sweatshirts sind schön für eine Stadtrundfahrt, aber gute Hosen und Pullover sind ein Muss, wenn wir abends essen gehen.«

Nick starrte seine alte Freundin bestürzt an. »Wir müssen uns *jeden Abend* zum Essen umziehen?«

Miss T. nickte.

Nicks Miene hellte sich auf. »Ich glaube, ich habe gar nicht so viele gute Sachen«, sagte er.

»Ich habe schon mit deiner Mutter gesprochen, und sie hat schon angefangen für dich zu packen«, informierte ihn Miss T.

»Aha«, Nick atmete tief ein und streckte sich. »Naja. Für ein paar Tage werde ich es wohl aushalten«, meinte er schließlich seufzend.

Addie tat so, als ob sie auf einer Geige spielte. »Welch überaus noble Geste«, zog sie ihren Freund auf.

Nick schnitt eine Grimasse und sagte: »*Du* hast ja noch nie einen Schlips tragen müssen.«

»Und *du* hast noch nie Nylonstrümpfe tragen müssen«, konterte sie.

Nick grinste. »Ein Punkt für dich«, sagte er.

Auf dem Heimweg redeten Addie und Nick ununterbrochen. Addies Mutter setzte Nick zu Hause ab und fuhr dann noch die letzte Meile.

»Ich war noch nie länger als eine Nacht getrennt von Daddy und dir«, sagte Addie leise.

Ihre Mutter nickte. »Du wirst uns fehlen.«

Addier seufzte. »Besonders jetzt vor Weihnachten. Wer wird sich um all die ankommenden Weihnachtskarten kümmern?« So lange sie denken konnte, war es ihre Aufgabe gewesen, die eintreffenden Grußkarten zu Weihnachten rund um die Türen im ganzen Haus zu verteilen.

»Möchtest du, dass ich dir welche aufhebe, bis du wieder zurückkommst?«

Addie lächelte ihre Mutter dankbar an. »Würdest du das tun? Dann könnten wir sie an Heiligabend gemeinsam aufmachen.«

»In Ordnung, Spatz«. Mrs. McCormick drückte Addies Hand. »Weißt du, dein Vater und ich hätten dieser Reise nie zugestimmt, wenn wir nicht der Meinung wären, dass du damit umgehen kannst. Wir vertrauen dir.«

»Danke, Mom.«

Brian und sein Vater brachen am nächsten Morgen auf. Mr. Dennison hatte einen Wagen gemietet, mit dem sie nach Ohio fahren würden, um dort ihre Familie zu besuchen. Addie und ihr Vater fuhren um sieben Uhr morgens schnell noch zum Haus der Bradys, um sich von ihnen zu verabschieden.

Die Morgenluft war noch so kalt, dass es fast weh tat, tief einzuatmen. Daher waren die Abschiedsworte nur kurz und knapp – aber trotzdem schwer. Nick und Brian umarmten sich kurz, versprachen Briefe zu schreiben. Addie drückte Brian verlegen kurz an sich und er lächelte schüchtern.

»Du hältst Nick auf Kurs, okay?«, sagte er. »Keine Essensschlachten in diesen vornehmen Chicagoer Restaurants!«

Alle lachten und erinnerten sich an eine Essensschlacht, die Nick am Anfang des Schuljahres in der Schul-Cafeteria angestiftet hatte. Nick versetzte Brian einen freundschaftlichen Knuff, während die Erwachsenen mit Händeschütteln beschäftigt waren. Dann waren die Dennisons weg. Von ferne tönte noch die Hupe, während sie schnell auf der Landstraße verschwanden.

Es gab allerdings wenig Zeit zum Traurigsein. Auf die letzte Minute Koffer zu packen verlangte viel Energie und alle verfügbare Zeit von Addie. Auch Nick war damit fast völlig ausgelastet. Bei den McCormicks gab es im ganzen Haus keine Zahnpasta mehr, und Nick suchte zwar über eine Stunde, konnte aber den zweiten zu seinem wärmsten Paar Handschuhe nicht finden. Schnell musste man in die Stadt fahren, um das Fehlende noch zu besorgen, und so schrumpfte die Zeit, die übrig blieb, immer mehr zusammen. Als Addie am Abend endlich müde ins Bett fiel, schlief sie sofort ein und träumte vom Gewimmel der Fußgänger in den Straßen, von Wolkenkratzern und einem eleganten Restaurant, in dem nur Kekse mit Schokostückchen serviert wurden.

Am nächsten Tag war Addie schon beim Morgengrauen wach, um sieben Uhr angezogen und fertig zum Losfahren. Ihre Mutter stand bereits in der Küche und bereitete ein ausgiebiges Frühstück zu. Ihre Vater kam fünf Minuten später dazu.

»Muss ja ein großer Tag sein, wenn du schon vor zehn Uhr morgens auf den Beinen bist«, zog Mr. McCormick seine Tochter auf. »Nervös?«

Addie nickte. »Ein bisschen schon«, gab sie zu. »Ich bin früh aufgewacht und fing an, über alles Mögliche nachzudenken, und dann konnte ich nicht mehr einschlafen.«

»Worüber hast du denn nachgedacht?«, wollte ihre Mutter wissen.

»Nun, zum Beispiel über Willard. Ich habe ihn nie kennen gelernt. Ich glaube, Miss T. mag ihn nicht besonders. Wieso fährt er uns nach Chicago?«

Ihr Vater lachte. »Also, Miss T. mag ihn. Er ist nur der Einzige in Francines Familie, der sich von ihr nicht einschüchtern lässt. Deswegen schimpft sie über ihn. Ich habe verschiedene Male mit ihm gesprochen. Er ist ein netter Kerl. Du wirst ihn mögen. Was sonst noch?«

»Wo werde ich schlafen?«, fragte Addie. »Bei Miss T. und Amy? Und was ist mit Nick? Er wird sicher *nicht* mit drei Frauen im gleichen Zimmer schlafen wollen. Und wie finden wir uns in Chicago zurecht? Müssen wir überallhin mit dem Taxi fahren? Und was ist mit Geld? Werde ich Geld brauchen?«

Die unendlich lange Liste an Fragen, die Addie schon seit fünf Uhr morgens quälte, ergoss sich in einem nervösen Schwall. Ihr Vater griff nach ihrer Hand und zog sie auf seinen Schoß.

»Es ist alles in bester Ordnung, Schätzchen«, sagte er leise und küsste sie sacht auf den Scheitel. »Ich hatte mir gar nicht überlegt, dass dich so viele Dinge beunruhigen könnten. – Ich nehme an, dass du mit Amy und Miss T. ein Zimmer teilst. Nick wird wahrscheinlich mit Amys Neffen im Zimmer nebenan untergebracht sein. Und ich glaube, das Museum hat für die Zeit eures Aufenthalts eine Limousine für euch gemietet, also braucht ihr nicht mit dem Taxi zu fahren. – Was das Geld anbetrifft, möchte Miss T. für alle Ausgaben aufkommen, aber deine Mutter und ich möchten dir trotzdem noch etwas Geld mitgeben. Sicher willst du ein oder zwei Andenken, eine Cola oder einen Schokoriegel kaufen. Außerdem fände ich es nett, wenn du und Nick zusammen für Miss T. und Amy ein kleines Geschenk besorgen würdet, als Dankeschön sozusagen.«

Er hielt einen Moment inne. »So. Sonst noch was?«

Addie schüttelte den Kopf und umarmte ihren Vater. »Danke, Dad. Ich werde euch sicher vermissen.«

Ihr Vater lachte. »Die Zeit wird so schnell vergehen, dass du wahrscheinlich gar nicht mehr daran denkst, dass du überhaupt Eltern hast, bis du uns am Montagmorgen wieder siehst, wenn wir dich abholen. So und jetzt wollen wir uns endlich diesem köstlichen Frühstück widmen.«

Eine Stunde später fuhr Willards blauer Chevy vor. Nick sprang aus dem Auto. Er rannte zur Haustür und Addie kam ihm schon entgegen, den Koffer in der Hand.

»Fertig?«, grinste er. Addie nickte und schaute zu ihren Eltern.

»Wollen wir nicht noch beten, ehe ihr aufbrecht?«, fragte Mr. McCormick. Ohne die Antwort abzuwarten legte er Nick eine Hand auf die Schulter und einen Arm um Addies Schultern. »Herr, danke für diese ganz besonderen Ferientage, die Addie und Nick in Chicago erleben dürfen. Ich bitte dich um deinen Segen und deine Bewahrung für alle auf dieser Reise nach Chicago. Bitte halte deine Hand über sie, wenn sie in dieser großen Stadt unterwegs sind, und segne die gemeinsame Zeit mit Eunice und Amy. Danke, Herr, für all die wunderbaren Dinge, die du für uns tust. In Jesu Namen, Amen.«

Leise klangen die »Amen« im Zimmer nach, und Addie umarmte ihre Eltern noch einmal. »Vergesst nicht, mir die Weihnachtskarten aufzuheben«, erinnerte sie ihre Mutter noch einmal und blieb dann wie angewurzelt stehen. »Ich habe gestern ganz vergessen, nach Post zu schauen!«, rief sie.

»Ich habe den Briefkasten geleert«, lächelte ihre Mutter, »und ich habe schon ein Körbchen aufgestellt, wo wir die Karten sammeln werden.« Sie zeigte auf einen bunten, weihnachtlich dekorierten Korb auf der Anrichte.

Addie warf einen Blick auf den Stapel Karten und stöhnte laut auf. »Katie und Takus Weihnachtsbrief! Und ich muss bis nächste Woche warten, bis ich ihn lesen kann!« Katie und Taku waren Missionare, die Addies Eltern lange Jahre unterstützt hatten. Sie schrieben immer sehr interessante Briefe und Addie liebte es, von dem Leben in Nagaland zu lesen, einem kleinen Landesteil in Indien.

»Nimm dies hier mit«, schlug ihre Mutter vor und reichte ihr einen Briefumschlag. »Lies den Brief heute Abend vor dem Einschlafen.«

»Danke, Mom«, sagte sie und steckte den langen weißen Umschlag in ihre Manteltasche.

Sie gingen alle hinaus zum Auto. Addie und Nick krabbelten nach hinten zu Amy. Addies Mutter warf ihnen noch eine Kusshand zu und dann fuhr der Wagen aus der Auffahrt heraus. Die McCormicks standen noch vor dem Haus und winkten, und Addie schaute sich um, bis das Auto um eine Ecke bog und die Eltern außer Sichtweite waren.

Die Fahrt nach Chicago machte eine Menge Spaß und das war hauptsächlich Willards Verdienst. Er war ein kleiner Mann mit einem kleinen Bäuchlein und dünnem grauen Haar. Er hatte ein breites Lächeln, ein noch breiteres Lachen und er unterhielt sie alle köstlich mit Anekdoten aus seiner Zeit als reisender Handelsvertreter für exotische Haustiere.

Sie machten zwei Kurzstopps und eine längere Pause mit Pommes frites und Cola und so vergingen die zweieinhalb Stunden der Fahrt nach Chicago wie im Flug. Von der Autobahn abgefahren, waren sie nun auf der Schnellstraße, die direkt nach Chicago führte. Nick war der Erste, der ein bekanntes Wahrzeichen entdeckte.

»Seht mal!«, rief er und presste seine Nase ans Fenster. »Der neue Comiskey Park!«

»Was ist das?«, fragte Miss T.

Nick starrte sie fassungslos an. »Comiskey Park? Da spielen die *Chicago White Sox*!«

»Ah so.« Miss T. nickte weise und sah verstohlen zu Addie. *Baseball?*, formten ihre Lippen lautlos. Addie grinste und nickte.

Eine schwere bläuliche Smogglocke hing über der Stadt um die hohen Wolkenkratzer herum, die das Panorama in der Ferne bestimmten. Der Verkehr war zunehmend dichter geworden, seitdem sie die Autobahn verlassen hatten. Die anderen Wagen sausten links an ihnen vorbei oder wechselten die Fahrspuren, hin und her in enormem Tempo.

»Wie lange dauert es noch, bis wir im Hotel sind?«, fragte Miss T. nervös.

Willard zuckte die Achseln. »Hängt vom Verkehr in der Innenstadt ab.«

Die alte Dame lehnte den Kopf gegen ihre Kopfstütze und schloss die Augen. »Weckt mich, wenn wir da sind«, sagte sie.

Willard lachte nur. »Mach dir keine Gedanken über den Verkehr. Tu einfach so, als wärst du auf einem Riesenparkplatz, der sich mit hundert Stundenkilometern die Straße hinunterbewegt!«

»Fahren wir so schnell?«, wollte Nick wissen.

Willard gab keine Antwort, das Auto wurde aber ein bisschen langsamer und Addie sah, dass immer mehr Fahrzeuge sie links überholten.

Sie kamen über den *Eisenhower-Drive* in die Stadt und fuhren unter einem riesigen Gebäude hindurch. Es schien eine Million Fenster zu haben und ging über die gesamte Fahrbahnbreite von acht Fahrspuren hinweg. »Was ist das?«, fragte Addie.

»Die Hauptpost«, antwortete Willard. Addie fing an zu lachen.

»Was ist so lustig?«, wollte Nick wissen.

»Ich dachte nur gerade an unsere Post«, antwortete Addie.

Nick grinste: »Jau. Mein Dad kann vor dem Postschalter stehen und gleichzeitig mit den Armen alle vier Wände anfassen!«

Ein paar Minuten später waren sie in der Chicagoer Innenstadt und Addie schnappte nach Luft. »Nick, schau mal!« Sie zeigte auf eine Straßenecke, und Nick sah ein über fünf Stockwerke hohes Fassadengemälde, das Michael Jordan im eleganten Anzug zeigte.

»Cool!«, hauchte er.

»Nun, das ging ja besser, als ich dachte«, sagte Willard. »Wir sind nur noch einen Block von eurem Hotel entfernt und das hier ist der erste Stau. Irgendwas muss los sein. Seht euch diese Menge von Leuten an.«

Addie und Nick lehnten sich nach vorn, um durch die Frontscheibe zu schauen. Menschenmassen säumten die Straße. Obwohl sie in der Stadt bisher nichts anderes als überfüllte Bürgersteige gesehen hatten, war das hier doch etwas anderes. Die Leute hier standen still.

»Worauf warten sie?«, fragte Nick.

»Keinen blassen Schimmer«, sagte Willard. »Was immer es ist, du wirst es sehen. Die stehen genau bis zum Eingang eures Hotels.« Er deutete die Straße hinunter auf ein großes weißes Gebäude mit riesigen Glastüren.

Willard starrte angestrengt über das Lenkrad nach vorn. »Seht euch mal –« Er setzte sich ruckartig auf. »Verriegelt die Türen – sofort!«

Bei diesem abrupten Stimmungswechsel zögerte niemand, und vier Hände schoben die Türriegel fast gleichzeitig nach unten. Sie waren auch nicht eine Sekunde zu früh. Plötzlich hörte Addie eine Frauenstimme kreischen: »Da ist sie ja!«, und in Windeseile war das Auto umringt von lachenden und winkenden Menschen, die an die Türen und Fenster klopften.

Eine Frau in mittlerem Alter presste das Gesicht gegen die Scheibe. »Miss Bryce, bitte geben Sie mir ein Autogramm!« Sie hielt ein altes Bild von Winston Rinehart und Tierny Bryce in den Händen. Polizisten versuchten erfolglos, die Menge zurückzudrängen, und das Auto kam zum Stehen.

Willard pfiff leise durch die Zähne. »Willkommen in Chicago, Tierny Bryce.«

Kapitel 4

Jean Luc's

»Das ist komplett verrückt!«, rief Nick. Er winkte einem Jungen mit schwarzem Haar und großen braunen Augen, der draußen stand, lachte und auch ein Foto schwenkte. Nick begann sein Fenster herunterzukurbeln.

»Lass es oben!«, sagte Willard ernst. »Ich weiß, diese Leute haben keine bösen Absichten, aber ich möchte nicht, dass irgendein durchgeknallter Fan einen von euch aus dem Fenster zieht.«

Miss T. wandte sich jetzt an Willard. »Bring uns hier raus!«, sagte sie ungeduldig.

Willard lachte. »Wohin genau möchtest du denn? Und welches Stückchen dieses Menschenauflaufs soll ich überfahren?«

Miss T. seufzte. Höflich winkte sie einem älteren Herrn, der ein großes Plakat hielt. »Wir lieben dich, Tierny Bryce!«, war dort in großen schwarzen Lettern zu lesen.

»Wer ist das denn?« Addie zeigte auf einen sehr vornehm aussehenden Herrn in teurem Anzug, der sich bis zu Willards Tür einen Weg durch die Menge bahnte.

Willard kurbelte das Fenster ein Stückchen herunter und der Mann lächelte freundlich und schrie: »Willkommen im Jean Luc's! Mein Name ist Victor

Francis. Ich bin der Hotelmanager. Wir haben schon mit einer Menge Leute gerechnet, aber das hier ist doch fast schon zu viel des Guten, nicht?«

Miss T. sagte ironisch: »Fast.«

»Der Hoteldiener neben dem Eingang wird herüberkommen, Miss Bryce aus dem Wagen helfen und sie ins Hotel geleiten«, erklärte er Willard. »Der andere Page dort hinten an der Ecke wird Ihnen zeigen, wo Sie parken können. Fahren Sie einfach langsam weiter. Die Leute werden dann schon zur Seite gehen. Ich werde im Hotel auf Sie warten und Ihnen dann Ihre Suite zeigen.«

Victor winkte den Polizisten, die den Menschenauflauf beobachteten. Sie versuchten nun gemeinsam, die Leute vom Wagen und von der Fahrbahn wegzubekommen, und jetzt konnte Willard in die gebogene Hoteleinfahrt einbiegen. Dort waren die Bürgersteige abgesperrt, deshalb konnten die Leute dem Fahrzeug nicht folgen. Der Page öffnete Miss T.'s Tür und half der alten Dame aus dem Wagen. Ein lauter werdendes Raunen grüßte Tierny Bryce.

»Warte«, rief sie Willard zu, aber ihre Stimme verlor sich in der Geräuschkulisse.

»Wir treffen dich drinnen«, rief er laut zurück. Der Page schlug die Tür zu und Willard fuhr langsam die Auffahrt hinunter und wieder auf die Straße.

Addie und Nick konnten das Ganze durch die Heckscheibe beobachten. Ein halbes Dutzend Nachrichtenteams belagerten den Eingang, und die Zuschauer fielen fast über die straff gespannten Absperrungsseile bei dem Versuch, Miss T. zu erreichen.

Jetzt, wo Tierny Bryce den Wagen verlassen hatte, kümmerte sich niemand mehr um den Wagen. Willard folgte dem anderen Pagen über eine Lieferanteneinfahrt hinter das Hotel und stellte den Wagen neben dem Hintereingang ab. Eine große blonde Frau begrüßte sie dort.

»Guten Tag, Mr. Sadler«, sagte sie und schüttelte Willard die Hand. »Willkommen im Jean Luc's. Mein Name ist Marcia Vetter. Und Sie müssen Amy sein.« Sie reichte Amy die Hand. »Willkommen.«

Amy lächelte. »Danke Marcia. Ist mein Neffe Sam schon angekommen?«

Marcia schüttelte den Kopf. »Nein, aber er hat angerufen. Er wird nach dem Mittagessen hier eintreffen. Dann fehlen jetzt nur noch Addie und Nick. Hallo, Kinder, wie geht's euch?«

Nick sah Marcia misstrauisch an. »Woher wissen Sie, wie wir heißen?«

Sie grinste und winkte ab. »Das ist mein Job«, sagte sie geheimnisvoll und flüsterte dann verschwörerisch: »Kommt mit, wir schleichen uns jetzt die Treppe hinauf zu euren Zimmern.«

»Warum müssen wir hinaufschleichen?«, wollte Addie wissen.

»Genau. Es weiß doch keiner, wer wir sind«, fügte Nick noch an.

»Ich fürchte, das wird sich schnell ändern, sobald die Leute eure Gesichter näher kennen gelernt haben«, erklärte Marcia. »Ihr beiden seid etwas ganz Besonderes für die Fans. Sie sind ganz wild darauf, die Kinder kennen zu lernen, die ihnen ihr Idol wiedergegeben haben.« Nick und Addie lachten sich an. »Aber macht euch darüber keine Sorgen«, fuhr Marcia fort. »*Ihr* seid hier, um euch zu amüsieren, und *ich* bin hier, um dafür zu sorgen, dass ihr das auch ungestört tun könnt. Also schleichen wir.«

Sie öffnete eine schwere Stahltür und führte sie ins Hotel, einen langen Korridor entlang, der mit weißem und grauem Linoleum ausgelegt war. Auf beiden Seiten des Flures waren Türen, und die Kinder schauten neugierig hinein. Hinter der ersten war eine riesige Wäscherei, dann kam die Küche und dann ein Raum mit vielen Rohren, Maschinen und ohrenbetäubenden Geräuschen.

»Das hier ist das Service-Center des Hotels«, erklärte Marcia. »Wir fahren mit dem Service-Aufzug auf eure Etage. Keiner außer den Angestellten wird uns zu Gesicht bekommen.«

Sie bogen um die Ecke und stießen fast mit einem Jungen zusammen. Er hatte schwarze Haare und braune Augen; es war derselbe Junge, den Nick vorher hatte ansprechen wollen.

Marcia seufzte. »Rico, ich habe dir doch gesagt, dass du heute nicht kommen sollst. Wir haben heute sehr viel zu tun.«

»Ach, Marcia, drück mal ein Auge zu«, bettelte der Junge. »Sind schließlich nicht jeden Tag Kinder hier.« Er nahm die Baseballkappe ab, die er trug, und drehte sie in den Händen.

»Hi, Rico«, sagte Nick.

»Hi, Mann«, gab Rico zurück. Er hielt seine Hand hin, die Handfläche nach oben, und Nick schlug ein.

»Wer hat dich um diese Zeit überhaupt reingelassen?«, wollte Marcia wissen.

Rico grinste. »Sie kam mir irgendwie bekannt vor, aber … der Name ist mir entfallen.«

»Ja, ja, ja«, seufzte Marcia. »Rico, du musst jetzt wirklich gehen. Vielleicht kannst du heute Abend oder morgen wiederkommen.«

Rico hob die Schultern. »Klar, Marcia. Alles was du willst.« Er lachte Addie und Nick noch einmal an. »Bis später dann.«

Er verschwand hinter einer Ecke und Marcia zeigte auf eine Aufzugtür, die gerade mit melodischem »Ding-dong« zur Seite glitt. Sie stiegen alle ein.

»Eure Assistenten werden euer Gepäck zu eurer Suite bringen«, sagte Marcia zu ihnen.

»Unsere Assistenten?« Nick wusste nicht, was er davon halten sollte.

»Ja. Jedem von euch ist ein persönlicher Assistent zugeteilt – einer unserer Angestellten, der nur für euch arbeiten wird. Ich werde sie euch später vorstellen.«

»Wer ist Rico?«, erkundigte sich Addie.

Marcia lächelte traurig. »Rico ist – Rico«, antwortete sie. »Keiner von uns kennt seinen Nachnamen. Er tauchte ungefähr vor einem Jahr auf. Unsere Belegschaft mag ihn irgendwie, und so lässt ihn immer irgendjemand herein. Ich fürchte, er schwatzt vielen unserer Kunden ihr Kleingeld ab. Aber die meisten unserer Stammkunden fragen mittlerweile nach ihm, wenn sie in der Stadt sind, und so versuchen wir auch nicht, ihn aus dem Hotel herauszuhalten.«

»Vielleicht kann er uns die Stadt zeigen«, schlug Nick vor.

Marcias Augen wurden groß. »Ich bin nicht sicher, ob ihr das, was er euch zeigen könnte, wirklich sehen möchtet. Seine Familie ist sehr arm und er hilft seiner Mutter, vier Brüder aufzuziehen, alle jünger als er selbst. Die reichen Leute, die in unserem Hotel absteigen, um Geld zu bitten, in welcher Form auch immer, ist nur eine seiner vielfältigen Jobs, fürchte ich. Er ist ziemlich … gerissen.«

Der Aufzug war nun im richtigen Stockwerk angekommen und die Tür glitt zur Seite. Sie sahen einen großen, hellen, klinisch rein wirkenden Raum. Alles war weiß oder aus Chrom und der Fußboden glänzte. Zimmermädchen beluden lange Karren mit Handtüchern und Bettwäsche. Unten an den Karren waren Türen mit Chromgriffen. Als ein Zimmermädchen eine davon öffnete, konnte Addie Eimer, Schwämme und alle möglichen Putzmittel erkennen. Es roch überall nach dem Putzmittel, mit dem Addies Mama zu Hause das Badezimmer sauber machte. Marcia öffnete wieder eine große Stahltür und sie traten ein in eine andere Welt.

Die Halle war riesig und mit rauchblauem Teppich ausgelegt, der so dick war, dass man bei jedem Schritt einsank. Es gab keine Deckenleuchten, sondern an den Wänden hingen kleine Messinglampen, die ein warmes Licht ausstrahlten. Alle paar Meter stand ein Beistelltisch an der Wand und darauf eine Vase mit frischen Blumen. Addie blieb bei jedem Strauß stehen und schnupperte den Duft.

Ungeduldig zerrte Nick sie schließlich vom vierten Strauß weg und flüsterte ihr ins Ohr: »Wo sind die Zimmer? Hier sind nirgendwo irgendwelche Türen.«

Marcia hörte das Flüstern und lächelte. »Das hier ist die Penthouse-Etage, Nick. Hier gibt es nur zwei Suiten, eine auf dieser Seite und eine auf der anderen. Es gibt also nur eine Tür, und die ist genau hier.« Sie blieb vor einer riesigen Tür stehen, die keinen Knauf hatte.

»Sind wir ganz allein hier oben?«, wollte Nick wissen.

Marcia nickte. »Zumindest auf dieser Seite. Auf der anderen Seite wohnt ein anderer Gast.« Sie zog eine kleine goldene Karte aus der Tasche und schob sie in einen schmalen Schlitz an der Türkante. Die Tür öffnete sich lautlos und verschwand in der Wand. »Hier ist eure Suite.«

Addie, Amy, Willard und Nick betraten nacheinander den Raum, und Addie merkte, wie ihr Herz schneller schlug. Das Wohnzimmer war riesengroß, größer als ihr Wohnzimmer zu Hause, und die Ausstattung war in Altrosa und Rauchblau gehalten. Es gab ausladende Sessel mit hohen Lehnen und das längste Sofa, das Addie jemals gesehen hatte, voll mit kuscheligen Kissen.

Vor dem Sofa stand ein langer niedriger Couchtisch. Dort lagen verschiedene Zeitschriften und hier stand wieder ein dicker Strauß aus frischen Blumen. An der Wand stand ein Schrank aus dunklem Walnussholz.

»Hier kann die Langeweile vertrieben werden. Der Schrank enthält einen Fernseher mit extragroßem Bildschirm, einen CD-Spieler und einen Videorecorder.« Sie öffnete eine Schranktür und zum Vorschein kam ein Bildschirm mit einer Diagonale von etwa einem Meter. Nick pfiff leise durch die Zähne.

»Ihr habt auch Fernsehapparate in euren Zimmern«, sagte Marcia lächelnd. Sie öffnete eine Tür links neben dem Walnussschrank. »Nick, hier schlafen Sam und du«, fuhr sie fort. Nick schaute in das Zimmer und ihm blieb der Mund offen stehen.

»Und hier ist dein Zimmer, Addie.« Marcia öffnete eine Tür auf der rechten Seite.

Addie trat ein. Ein riesengroßes Wasserbett mit vier Pfosten, einem Baldachin, Vorhängen und großen Kissen stand mitten im Zimmer. Ein Eichentisch mit noch mehr Blumen und vier Stühlen stand in einem Erker, der zu einem Balkon führte. Auch hier stand in einem Schrank an der Wand ein Fernseher. Es gab ein riesengroßes Bad, einen begehbaren Schrank mit langen Reihen von Schubladen und unzähligen Bügeln. Die vierte Wand schmückte ein Gemälde, das einen Teich voller Seerosen zeigte. Addie blieb benommen neben dem Bett stehen.

Nick kam ins Zimmer gelaufen. »Cool, du hast einen Balkon.« Addie nickte.

»Bei mir ist ein Fitnessraum«, rief Nick.

»Was?« Addie fand endlich ihre Stimme wieder.

»Komm, schau's dir an«, drängte Nick sie.

Sie folgte ihm ins Wohnzimmer und warf ihre Handtasche auf die Couch, ehe sie hinter ihm her lief. Nicks Zimmer war noch größer als ihres. Das war auch nötig, denn hier standen *zwei* überdimensionale Wasserbetten und ein Tisch mit Stühlen. Eine abgetrennte Nische enthielt den Fitnessbereich, eine Hantelbank, ein Rudergerät und einen Heimtrainer.

»Das ist unglaublich«, hauchte sie. Ihr verschlug es die Sprache.

»Das kannst du wohl sagen«, stimmte Nick zu. »Ich bin mal gespannt wie Miss T.'s Zimmer aussieht.«

»Komm, sehen wir mal nach«, schlug Addie vor. Sie rannte aus Nicks Zimmer ins Wohnzimmer. Ein leises Ding-Dong war plötzlich zu hören und Addie ging zur Tür. Auch hier gab es keine Klinke und keinen Knauf. Dafür war neben der Tür ein schmales Brett mit einer Reihe von Knöpfen. Addie drückte auf den, der die Aufschrift »Öffnen« trug, und die Tür glitt zur Seite.

Draußen stand ein Zimmermädchen mit einem kleinen Wagen, auf dem große Tassen mit heißer Schokolade und eine Schüssel Kekse standen. Marcia und Amy kamen aus dem Schlafzimmer und Marcia runzelte die Stirn. »Wir haben bis jetzt noch kein Essen bestellt«, sagte sie.

»Mr. Francis schickt den Kindern ein warmes Getränk«, sagte das Zimmermädchen.

»Schön«, sagte Marcia. »Lass es bitte hier stehen, Carmen. Danke.«

»Zeigen Sie uns Ihr Zimmer, Amy?«, fragte Nick.

»Natürlich«, antwortete Amy. Sie führte die Kinder in das Hauptschlafzimmer der Suite. Es war so groß wie Addies und Nicks Zimmer zusammen. An einer Wand war ein Kamin, in dem ein Gasfeuer fröhlich knisterte. Auch hier gab es einen Balkon, so ähnlich wie bei Addie, zwei Himmel-Wasserbetten, ein Bad mit Whirlpool, einen begehbaren Schrank, eine Essecke, eine Sitzecke mit kleiner Couch und Sesseln und ein Oberlicht, durch das der Raum mit Sonnenlicht durchflutet wurde.

»Mann, ist das ein Leben!«, rief Nick restlos begeistert. Addie und Willard mussten beide lachen. Dann hörten sie leise, fast unhörbar die Tür zum nächsten Zimmer aufgleiten.

»Miss T.!«, rief Addie laut. Nick und sie rannten ins Wohnzimmer. Aber dort war niemand, obwohl die Tür sich schloss, gerade als sie den Raum betraten. »Wer war das?«, fragte Addie Marcia, die ihnen nachgegangen war.

Marcia sah etwas verwirrt aus, aber sie lächelte. »Das muss wohl ein Zimmermädchen gewesen sein. Nur sie haben den Zugang zu diesen Räumen.« Sie drückte auf den Türknopf und sie alle schauten nach draußen in den Flur. Niemand war zu sehen und Marcia runzelte die Stirn. »Das ist merkwürdig. Unsere Angestellten sind schnell, aber so schnell auch wieder nicht«, scherzte sie. »Ich hoffe, dass diese Türen nicht kaputt sind.«

Addie ging in die Halle und schaute den Gang hinauf und hinunter. Ganz am Ende des Ganges konnte sie den Rest eines schmutzigen weißen, knöchelhohen Turnschuhs um die Ecke verschwinden sehen.

Kapitel 5

Wer ist wer?

Marcia trat hinter Addie in den Flur. »Hast du jemanden gesehen?«, fragte sie.

Addie zögerte. » Ich – ich weiß nicht«, sagte sie schließlich. »Ich dachte, ich hätte jemandem um die Ecke verschwinden sehen, da hinten.« Sie deutete den Gang hinunter.

Marcia runzelte die Stirn. »Muss wohl ein Zimmermädchen gewesen sein. Na ja, am besten wir gehen zurück und warten auf ...«

In diesem Moment hörte Addie um die Ecke einen Aufzug anhalten und gleich darauf erklang Miss T.'s vertraute Stimme am Ende des Ganges.

» – kann so auf keinen Fall weitergehen. Diese Leute haben mich fast über den Haufen gerannt. Ich bin zu alt für –.«

»Nein, sind Sie nicht«, rief Addie laut und Miss T. bog mit gerunzelter Stirn um die Ecke. Ihre Augen funkelten.

»Sag nicht, dass ich nicht alt bin«, herrschte sie das Mädchen an, umarmte es aber dann trotzdem. »Ich bin froh, dass es dir gut geht. Wo steckt Nick?«

»Hier hinten«, rief Nick aus der Suite. »Entschuldigen Sie, kann ich bitte ein Auto ...«

»Fang nicht damit an, junger Mann.« Miss T. trat ins Zimmer und drohte mit erhobenem Zeigefinger. »Sonst bekommst du ein Autogramm hintendrauf! Du bist noch nicht zu alt …« Sie unterbrach sich und sah jetzt erst richtig das schöne Zimmer. »Wie schön!«

»Ganz schön cool, was?« Nick ließ sich aufs Sofa fallen und zog den Servierwagen, auf dem die heiße Schokolade stand, zu sich heran.

»Pass bitte auf damit«, sagte Miss T. abwesend. Sie drehte sich, um dem ganzen Raum zu begutachten.

»Und pass auf meine Handtasche auf«, sagte Addie.

»Welche Handtasche?«, Nick schaute sich auf dem Sofa um. »Ach hier.« Er hob Addies kleinen Lederbeutel vom Boden auf und gab ihn ihr.

Der Beutel war offen und Addie suchte mit klopfendem Herzen nach dem Umschlag, in dem der Fünfzig-Dollarschein steckte, den ihr Vater ihr vor der Reise gegeben hatte. Er war noch in der Seitentasche, in die sie ihn heute Morgen gesteckt hatte.

»Hm, wo ist denn mein Portmonee?«, murmelte sie vor sich hin. Sie räumte ihre Handtasche völlig aus, aber ihr Portmonee blieb verschwunden. »Nick, liegt mein Portmonee vielleicht noch auf dem – Nick?« Addie sah auf und merkte, dass sie jetzt ganz allein im Zimmer war. Alle anderen waren mit Miss T. unterwegs, um ihr die Suite zu zeigen.

Addie suchte also allein auf dem Sofa, unter den Kissen, auf dem Fußboden und unter dem Couchtisch. Aber ihr Portmonee tauchte nirgendwo auf und Addie ließ sich schließlich mit einem Seufzen in einen der Sessel plumpsen.

»Na ja, so viel Geld war es ja nicht«, sagte sie laut, ohne jemand Bestimmten anzusprechen.

»Was?«, fragte Nick, als sie alle aus seinem Zimmer kamen. »Führst du jetzt Selbstgespräche, Addie?«

»Ich habe mein Portmonee verloren«, erklärte sie ihm.

»War dein ganzes Geld drin?«, Miss T. war besorgt.

Addie schüttelte den Kopf. »Nein, nur ungefähr zwei Dollar Kleingeld, das ist alles.«

»Vielleicht ist es im Auto«, meinte Willard. »Ich werde nachschauen, wenn ich losfahre, und wenn ich es finde, gebe ich es deinem persönlichen Assistenten«, scherzte er.

»Ihrem was?«, fragte Miss T.

»Ihrem persönlichen Assistenten«, sagte Nick mit hochtrabendem Ton. »Wir alle bekommen einen. Für den Fall, dass wir … Assistenz benötigen.«

Miss T. schüttelte ihren Kopf. »Keine persönlichen Assistenten. Wir können selbst auf uns aufpassen«, sagte sie bestimmt.

»Vielleicht ist es aber einfacher für Sie, wenn einer unserer Angestellten ihre Besorgungen erledigt«, wandte Marcia höflich ein. »Möchten Sie wirklich jedes Mal diesem Menschenauflauf gegenüberstehen, wenn Sie irgendetwas benötigen?«

Miss T. zog die Stirn in Falten. »Ich garantiere Ihnen, dass wir uns da etwas einfallen lassen werden. Ich werde nicht das ganze Wochenende eingesperrt in diesem Zimmer verbringen, so schön es auch ist. Und ich werde auch nicht jedes Mal von Menschen bestürmt werden, wenn ich das Hotel verlasse. Wir finden eine Lösung, verlassen Sie sich darauf.«

Marcia zögerte, dann lächelte sie. »In Ordnung«, sagte sie. »Ich streiche die Assistenten. Aber bitte, lassen Sie *mich* wissen, wenn ich Ihnen irgendwie behilflich sein kann. Und eine unserer Limousinen ist das ganze Wochenende zu Ihrer freien Verfügung reserviert.«

»Das sollte unverdächtig sein«, murmelte Nick, und Addie kicherte.

Marcia lachte die Kinder an. »Wählen Sie 221, wenn Sie mich brauchen«, sagte sie dann nur noch. Sie drückte auf den Knopf, um die Tür zu öffnen, und ein oder zwei Sekunden später ging sie lautlos hinter ihr zu.

»Wie funktioniert das?«, wollte Nick wissen.

»Elektronisch, glaube ich«, antwortete Willard. »Zum Öffnen der Tür braucht man eine Karte oder drückt den Knopf, aber die Tür geht automatisch zu, wenn die letzte Person durchgegangen ist.«

»Woher weiß die Tür, wer die letzte Person ist?«

»Da ist ein elektronisches Auge, das jeden festen Körper registriert. Wenn kein fester Körper mehr in der Tür ist, wartet sie noch ein oder zwei Sekunden und schließt sich dann automatisch.

»Also keine Möglichkeit eingeklemmt zu werden«, folgerte Nick.

Willard lachte. »Vermutlich nicht.«

»Gut. Ich habe Hunger.« Nick wechselte unvermutet das Thema, und Addie musste lachen, aber ihr knurrender Magen gab ihm nur zu sehr Recht. Miss T. bestellte über den Zimmer-Service für alle etwas zu essen. Minuten später stand ein Wagen mit Tellern, Schüsseln, Platten und Gläsern vor ihrer Tür. Die zwei Zimmermädchen, die den Wagen gebracht hatten, deckten in Miss T.'s Zimmer den Tisch. Alle nahmen Platz, und Amy sprach ein kurzes Tischgebet.

Es gab Hamburger und sie waren so dick und saftig, dass Addie mit dem Abbeißen Mühe hatte. Es schmeckte köstlich, aber trotzdem war Addie ein bisschen enttäuscht.

»Ich dachte Jean Luc's wäre ein französisches Hotel«, sagte sie. »Werden wir denn auch einmal französisches Essen bekommen?«

Nick schnippte ein paar Pommes frites auf ihren Teller. »Bitte schön«, sagte er. »Iss schön auf!« Addie zog eine Grimasse und Amy lachte.

»Wir können alles ausprobieren, worauf ihr Lust habt«, versicherte Miss T. ihrer kleinen Freundin. »Für mich schlägt ein guter Hamburger allerdings alles. Und schau mal, was es zum Nachtisch gibt!«

Sie hob den Deckel von einer eleganten Silberplatte. Sie war voller Kekse mit Schokostückchen. Dabei lag ein kleiner Zettel von Marcia mit der Aufschrift: »Lass es dir gut schmecken, Addie!«

»Das glaub ich nicht!«, platzte Nick heraus. »Woher *weiß* sie all solche Sachen?«

»Wen interessiert das?«, fragte Addie und nahm sich den obersten Keks.

Amy entschuldigte sich und ging ins Wohnzimmer, um zu telefonieren. Während sie weg war, besprachen Addie, Nick und Miss T., was sie am Nachmittag unternehmen sollten.

»Wart ihr schon mal in Shedd's Aquarium?«, fragte Addie. »Das ist einfach super! Dort gibt es ein rundes Becken, in dem alle möglichen Fische, Haie und Schildkröten schwimmen. Ein Taucher füttert jeden Tag unter Wasser die Fische. Er hat ein Mikrofon in der Tauchermaske und redet während der Fütterung mit dem Publikum.«

»Das klingt cool«, meinte Nick, »versuchen wir's!«

Aber Addie zögerte jetzt. »Und was ist mit Ihnen, Miss T.? Denken Sie, die Leute werden Sie erkennen?«

Amy kam wieder zurück von ihrem Telefonat und setzte sich. Sie lächelte: »Vielleicht habe ich eine Lösung für dieses Problem«, sagte sie. »Das heißt, wenn Sie mitspielen, Eunice.«

»Ich probiere alles einmal aus«, sagte Miss T. »Was muss ich tun?«

»Augenblick mal«, mischte sich Nick ein, »kann ich in Jeans zu diesem Aquarium? Ich sterbe, wenn ich den ganzen Tag in diesen Sonntagsklamotten herumlaufen soll.« Nicks Mutter hatte ihn für die Reise in eine gute Stoffhose und blank polierte Sonntagsschuhe gesteckt.

»Natürlich kannst du«, beruhigte Miss T. ihn.

»Wollt ihr beiden euch nicht schon umziehen, während ich mit Amy spreche?«

Nick und Addie verließen das Wohnzimmer. Nick zog sich andere Sachen an und Addie putzte sich die Zähne. Sie war fast fertig, als sie die Türglocke hörte. Schnell spülte sie ihren Mund aus und ging, um zu öffnen.

Marcia stand mit einer großen brauen Papiertüte vor ihr. Sie grinste Addie breit an.

»Das wird vielleicht ein Spaß!«, meinte sie.

»Was denn?«, wollte Addie wissen.

»Haben sie euch nichts erzählt?«, fragte Marcia. Addie schüttelte den Kopf. »Dann sage ich auch nichts. Wir werden euch überraschen.« Sie klopfte an Miss T.'s Tür und ging hinein.

»Was ist los?« Nick kam in Jeans und Sweatshirt gekleidet aus seinem Zimmer und deutete auf die geschlossene Tür.

Addie zuckte die Schultern. »Das sehen wir höchstwahrscheinlich, wenn sie fertig sind«, sagte sie.

Sie mussten nicht mehr lange warten. Bald trat Miss. T. aus dem Zimmer. Ihr Gesicht wurde von der breiten Krempe eines großen schwarzen Hutes bedeckt, den sie manchmal in der Gemeinde trug. Sie zog ihren Ledermantel eng um sich.

»Was unternehmen wir jetzt, Miss T.?«, wollte Addie wissen, und die Frau hob den Kopf.

Aber es war Marcias Gesicht, das sie unter der Krempe anlachte. »Das könnte gut funktionieren, oder?«, meinte sie.

Während Addie und Nick noch die Frau begutachteten, die als Miss T. verkleidet vor ihnen stand, trat die echte Miss T. durch die Tür, und Nick brach in schallendes Gelächter aus.

Die elegante Tierny Bryce war in einen fusseligen braunen Wollmantel gehüllt, der sie wesentlich dicker aussehen ließ, als sie war. Das glatte graue Haar, das sie immer zu einem Knoten zurückgesteckt trug, steckte jetzt unter einer grauen Lockenperücke. Darüber trug sie einen zerfledderten braunen Schal, der ihr bis um die Schultern reichte. Eine große Brille mit runden metallgefassten Gläsern schwebte vor ihren blauen Augen und ließ sie wie eine Eule aussehen. Sie strahlte die Kinder, die sich vor Lachen den Bauch hielten, triumphierend an. Amy stand hinter ihr und gluckste.

»Sam wartet unten mit seinem Volkswagen. Er fährt uns zum Aquarium«, teilte Amy den Kindern mit. »Marcia wird in der Limousine um den Block fahren, damit die Leute, die uns womöglich sehen, irregeführt werden.«

»Ihr benutzt weiterhin den Hintereingang«, führte Marcia weiter aus. »Aber es würde mich nicht wundern, wenn die Fans unseren Lieferanteneingang auch schon unter Beobachtung haben. Sollte dort jemand stehen, lenke ich ihn ab durch den Wirbel, den ich am Hauptportal verursache.«

Addie und Nick holten schnell ihre Mäntel und sie verließen gemeinsam die Suite. Marcia fuhr mit Victor Francis, dem Hotel-Manager, im normalen Aufzug hinunter. Die Kinder, Amy und Willard zeigten Miss T. die Tür zum Bereich des Dienstpersonals und sie fuhren mit dem dortigen Aufzug hinunter bis zum Erdgeschoss.

Willard gab seiner Tante ein Küsschen auf die Wange. »Du siehst absolut nobel aus, Eunice«, scherzte er. »Habt ein schönes Wochenende!« Er winkte den Kindern zum Abschied und ging die Straße hinunter zu seinem Auto.

Sam Tanaka wartete neben der Hintertür in einem metallicblauen VW Golf. Sam war ein gut aussehender junger Mann mit glattem schwarzen Haar und blitzenden schwarzen Augen. Er langte hinüber zur Beifahrertür und öffnete sie für Miss T. Sie stieg schnell ein. Amy, Nick und Addie quetschten sich auf die schmale Rückbank.

Willard fuhr vor ihnen her und hupte leise. Sie winkten alle und er hielt noch einmal an, ehe er auf die dicht befahrene Straße einbog. Obwohl sie ein Stück weit entfernt waren, konnten sie den Schrei hören, der durch die Menge ging, die immer noch den Haupteingang belagerte.

»Da ist das Auto, in dem sie angekommen ist!«, schrie jemand und sofort war eine Menschentraube auf dem Bürgersteig unterwegs zu Willards Chevy. Er gab Gas und fuhr mit quietschenden Reifen davon. Circa fünfzig Leute liefen hinterher, aber fünfzig andere sahen die elegante weiße Limousine, die vor dem Eingang hielt. Sie rannten zurück, um zu sehen, wie »Tierny Bryce« sich schnell auf den Rücksitz schob und der Wagen dann schnell hinter dem von Willard herfuhr.

Ihr Idol war nun verschwunden und so löste sich die Menge schnell auf. Der Bürgersteig war leer, als der kleine blaue Volkswagen auf die Straße bog und in die entgegengesetzte Richtung davonfuhr.

Endlich unterwegs reichte Sam Miss T. die Hand und bemerkte trocken: »Hi. Mein Name ist Clyde. Und Sie sind Bonnie, richtig?«

Sie alle lachten, und Miss T. schüttelte seine Hand, als sie nun endlich Ruhm und Ehre hinter sich lassen konnten und zum *Lake Shore Drive* davonfuhren.

Kapitel 6

Ansichten von Chicago

»So, jetzt kommt der Härtetest«, sagte Miss T. Sie standen auf dem großen Parkplatz hinter dem Museum und wollten zum Shedd's Aquarium aufbrechen.

»Wie sehe ich aus?«

»Wie Miss Waldmeyer, meine Lehrerin in der dritten Klasse«, grinste Nick.

»Sehr gut«, meinte Miss T., »Grundschullehrerinnen fallen für gewöhnlich nicht besonders auf.«

Addies Erinnerungen an die dritte Klasse bestätigten diese Meinung und sie musste lachen. Sie gingen über den Parkplatz zum Bürgersteig und mischten sich unter die Passanten. Kein Mensch kümmerte sich im Geringsten um die alte Frau mit dem zerfledderten Schal, und Addie sah, wie Miss T. sich entspannte.

Sie kamen zu einer Unterführung und Sam half Miss T. die steilen Treppenstufen hinunter. In der Ferne hörte man Musik, und als sie in der Unterführung waren, konnte Addie sehen, woher die Musik kam.

Ein alter, schwarzer Mann mit grauem Kraushaar stand geschützt vor Wind und Wetter an die Tunnelwand gelehnt und spielte auf einem alten, zerbeulten Saxophon eine Blues-Melodie. Die Fingerspitzen seiner abgenutzten Handschuhe waren abgetrennt, damit er besser spielen konnte. Addie konnte sehen, dass seine Hände trotzdem steif waren vor Kälte.

Miss T. ging langsam auf ihn zu. Sie suchte in ihrer Tasche nach etwas. Die Kinder sahen sie einen Zwanzig-Dollar-Schein hervorziehen. Sie warf ihn in den Hut, der neben dem alten Mann auf dem Boden lag. Auf seinem zerfurchten Gesicht leuchtete ein Lächeln auf, und obwohl er nicht zu spielen aufhörte, nickte er Miss T. dankbar zu.

»Warum haben Sie das gemacht?«, flüsterte Nick laut, als sie an dem alten Mann vorbeigegangen waren.

»Er verdient auf diese Weise sein Geld«, gab Miss T. zur Antwort, »und ich dachte, ich unterstütze ihn ein bisschen.«

Nick rümpfte die Nase. »Kein besonders tolles Leben!« »Nein, bestimmt nicht«, seufzte Miss T. »Wahrscheinlich hätte ich ihm auch nicht so viel geben sollen. Wahrscheinlich wird er heute Abend irgendwo hingehen und das Geld nur für Alkohol ausgeben.«

Addie schaute sich noch um und Nick ging einige Schritte zurück und beobachtete die Menschen, die Münzen in den Hut warfen. Ein paar halbwüchsige Jungen kamen in die Unterführung. Der alte Mann bückte sich schnell und stopfte den Schein hastig in seine Hosentasche.

Addie fröstelte und das nicht nur wegen der Kälte. Am anderen Ende der Unterführung kamen sie genau vor dem Eingang zum Aquarium wieder ans Tageslicht. Da heute Donnerstag war, kostete es keinen Eintritt. Aber zusätzlich zum Aquarium gab es noch einen Eingang, der zum meeresbiologischen Teil führte, und hier musste Eintritt bezahlt werden. Miss T. erledigte das und nun rannten die beiden schnell vor den Erwachsenen her zum Korallenriff, von dem Addie schon erzählt hatte.

Sie kamen gerade rechtzeitig, um zuzusehen, wie die vielen unterschiedlichen Fischarten von einem Taucher gefüttert wurden. Hier gab es verschiedene Arten von Aalen, Schildkröten und sogar Haie in einem Becken. Die Meeresschildkröte, ein sehr großes, altes und Ehrfurcht gebietendes Exemplar, folgte dem Taucher auf seinem Weg durch das Becken, immer bestrebt, den Eimer mit Futter zu erbeuten, sehr zur Erheiterung der vielen Menschen, die vor den riesigen Scheiben standen und zusahen.

Miss T. und Amy hielten sich den ganzen Nachmittag über etwas zurück, aber Addie, Nick und Sam erkundeten begeistert Tausende von Fischarten in kleineren Becken, die rund um das Korallenriff angeordnet waren. Addie erschrak ein bisschen vor einem riesigen Tintenfisch, der in einem der Aquarien von der Decke hing, aber Nick fand das Ganze einfach Spitze.

Im Hochseebereich war es sogar noch aufregender. Sie sahen eine wunderschöne Delfin-Show, Wale, Ottern und Seehunde durch eine riesengroße Scheibe unter Wasser. In einem anderen Bereich zischten Pinguine pfeilschnell durchs Wasser.

Es war ein langer, aufregender Nachmittag und sie rundeten ihn mit einem Essen im Restaurant des Aquariums ab. Das Restaurant hatte große Panoramafenster, von denen aus man den ganzen Michigan-See überblicken konnte. Die Sonne war schon untergegangen und die Skyline von Chicago wurde vom Wasser reflektiert.

Nick und Sam waren in ein lebhaftes Gespräch vertieft, doch Addie starrte nur aus dem Fenster, fasziniert von all den Lichtern, die auf dem Wasser tanzten. Miss T. riss sie aus ihren Gedanken.

»Na, wovon träumst du denn gerade, junge Dame?«, wollte sie wissen.

Addie lachte: »Ach, nichts Besonderes. Ich dachte nur gerade, wie – verwirrend Chicago doch ist. Ich meine, es gibt so viele Gegensätze.«

Nick zog eine Augenbraue hoch und sah Addie an, als sei sie verrückt. »Was soll das denn heißen?«

Addie wurde rot. »Weiß ich nicht genau. Aber überleg doch mal, was wir heute alles gesehen haben. Wir wohnen in einer Hotelsuite, die wahrscheinlich teurer war als das Haus meiner Eltern. Und trotzdem steht in einer Unterführung hier ein Mann und spielt Saxofon, damit die vorbeigehenden Leute ihm etwas Kleingeld geben.«

Sie zeigte aus dem Fenster. »Sieh dir mal all diese Boote an. Das sind Spielzeuge für die Leute, denen sie gehören. Aber Kinder wie Rico müssen Fremde um Geld anbetteln, damit die Familie genug Geld zum Leben hat.«

Nick hob die Schulter: »Und was könnten wir dagegen tun?«

Addie lächelte und Nick hob abwehrend seine Hände. »Sag nichts, ich weiß schon! Beten, richtig?«

Miss T. und Amy lachten und Amy tätschelte Addie die Hand. »Das ist sicher genau das, was der Herr Jesus im Augenblick von dir erwartet, Addie. Vielleicht kannst du irgendwann noch mehr tun.«

Miss T. nickte zustimmend und fragte: »Wer ist Rico?«

Addie und Nick erzählten von dem Jungen, den sie am Morgen kennen gelernt hatten, und die alte Dame schmunzelte angesichts der lebendigen Beschreibung, die die beiden von dem verwahrlosten kleinen Kerl abgaben.

»Ich würde ihn gerne einmal kennen lernen«, meinte Miss T, »hört sich sympathisch an.«

Addie und Nick dösten beide auf der Rückfahrt im Auto. Sie wurden erst wach, als Sam durch die Schranke des Lieferanteneingangs am Hotel fuhr. Er bog um die Ecke und hielt vor der großen Stahltür.

Die Tür war abgeschlossen und kein noch so lautes Klopfen schien im Inneren des Gebäudes gehört zu werden. Mittlerweile erregten sie schon die Aufmerksamkeit von Passanten auf der Straße. Miss T. wurde langsam nervös.

»Einer von uns muss ins Hotel gehen und den Manager holen«, sagte sie.

»Ich werde gehen«, bot Sam an.

»Nein«, unterbrach ihn Amy. »Ich gehe. Du bleibst besser bei Eunice und den Kindern. Keiner wird euch belästigen, wenn ein Mann dabei ist. Aber zwei alte Frauen und zwei Kinder sind leichte Beute für einen Straßenräuber.«

»Das Ganze war ziemlich dumm von uns.« Miss T. machte sich Sorgen.

»Ich beeile mich«, versuchte Amy ihre alte Freundin zu beruhigen.

Addie stampfte mit den Füßen auf der Stelle, um sich in der kalten Dezemberluft aufzuwärmen. Das Grundstück hinter dem Hotel war menschenleer, aber man hörte Geräusche aus den Seitenstraßen und laute Stimmen von der Hauptstraße. Addie sah sich um. Sie hatte eine Gänsehaut. Am äußersten Ende des Parkplatzes erspähte sie einen dunklen Schatten, der sich auf die Mülltonnen zu bewegte.

Laut schepperte ein Mülltonnendeckel, als er aufgerissen wurde, und Addie schrie auf. Miss T. legte dem Mädchen den Arm um die Schultern und zog es an sich.

»Schsch!«, zischte Nick laut und Sam legte einen Finger an die Lippen.

»Das ist nur ein Mann, der nach etwas Essbarem sucht«, sagte er leise. »Wenn wir uns gar nicht um ihn kümmern, wird er nicht einmal merken, dass wir hier sind.«

Sie konnten den Mann leise vor sich hin murmeln hören und Addie hielt die Luft an.

»Nichts Vernünftiges da«, brummelte er. Man konnte seine Stimme ganz deutlich am anderen Ende des Parkplatzes hören. »Was's das denn ... Huhn ... bah, hasse das Huhn hier ... zu fettig.

Gib mir die Milch da! ... Was für Milch? ... Da drüben ... trink keine Milch. Macht dich krank. Kann nicht krank werden, morgen großer Tag ... Muss zur Arbeit ... kannst nicht zur Arbeit ... bist rausgeflogen.« Die schwankende Stimme verlor sich und dann hörten sie Schritte auf sich zukommen.

Der Schatten wurde größer und dann konnte Addie die gebeugte Gestalt eines alten Mannes ausmachen. Sie biss sich auf die Lippen, um nicht vor Angst in Tränen auszubrechen. Nick zog scharf die Luft ein und atmete geräuschvoll aus. Die Schritte hielten inne.

Das Gesicht war immer noch im Dunkeln, aber Addie konnte seine knochige Hand beobachten, die ein kurzes Messer aus der Manteltasche zog. »Raus aus meinem Bezirk!«, brüllte der Alte plötzlich, und Addie konnte den Schrei, der sich aus ihrer Kehle pressen wollte, nicht mehr zurückhalten.

»Jau, Jack. Ich bin's Rico«, sagte eine andere, jüngere Stimme und gleichzeitig trat Rico aus dem Schatten. Addie taumelte gegen Miss T., und die alte Dame schluckte hörbar.

»Bin auf dem Weg nach Hause, Jack. Wollte nur mal sehen, wie's dir geht«, sagte der Junge. »Genug zu essen?«

»Nie genug«, brummelte Jack und schob sein Messer zurück in die Manteltasche. »Isses dir denn genug, Rico?«

»Immer, Jack, immer«, antwortete Rico und zog ein großes belegtes Brot aus der Jacke. »Hier, für dich, Alter. Guten Hunger, okay?«

»Okay, Rico, hab ich. Danke, Junge«, brummelte der Alte während er das Brot hinunterschlang.

Plötzlich schwang die Stahltür auf und Amy und Marcia erschienen.

»Hinein, hinein«, rief Marcia, »Sie müssen ja halb erfroren sein! Es tut mir so Leid, Miss Bryce. Wir haben Sie hier stehen sehen, aber ich musste ans Telefon und das Zimmermädchen war gerade unterwegs mit ein paar Handtüchern. Bitte entschuldigen Sie!«

»Nicht der Rede wert, uns geht es gut. Machen Sie sich um uns keine Sorgen«, beschwichtigte Miss T. sie und drehte sich nach Rico und Jack um, die im Schatten standen. Addie und Nick winkten dem Jungen und er hob auch den Arm.

»Wer 's das?«, fragte der alte Mann. »Wer 's das, Rico? Ham die genug zu essen?«

»Oh ja«, sagte Rico leise. »Sie haben genug, Jack.«

»Hier, Rico, sie könn' was von mir abhaben«, sagte Jack und hielt seinem jungen Freund die Reste seines Butterbrotes hin.

»Klar, Jack, ich geb' ihnen von dir was ab«, antwortete Rico, und die Stahltür schlug zu.

Addie standen die Tränen in den Augen, Miss T. schüttelte den Kopf und sogar Nick sah blass aus hier im grellen Licht des Korridors. Schließlich brach Sam das Schweigen.

»Ich glaube, du hast Recht, Addie. Für diese Menschen müssen wir beten.«

Kapitel 7

Noch mehr verschwundenes Geld

Marcia räusperte sich. »Hm, wir gehen jetzt am besten zusammen zu eurer Suite.«

»Und wie kommt Rico nach Hause?«, erkundigte sich Nick. »Es ist draußen schon dunkel.«

»Rico kann gut auf sich selbst aufpassen«, versicherte Marcia ihm.

»Und was ist mit Jack?«, wollte Addie wissen.

Marcia seufzte. »Tut mir Leid, dass ihr Jack sehen musstet«, sagte sie. »Jack lebt so, wie es ihm gefällt. Wir haben ihm schon verschiedene Jobs gegeben, aber immer wenn er Lohn bekommen hat, gibt er alles für Schnaps aus und taucht die nächsten zwei Wochen nicht mehr auf. Was sollen wir noch tun?«

»Wo wohnt er?«, fragte Nick.

»Auf der Straße. Er ist einer der Landstreicher, von denen in den Medien so viel die Rede ist. Ich bin nicht sicher, dass das Obdachlosenproblem wirklich so schlimm ist, wie die Medien uns glauben machen wollen, aber es gibt sie eben. Wenn man das erste Mal in Chicago ist, kann es zunächst etwas ... beunruhigend sein, wenn man sie zum ersten Mal sieht. Aber nach einer Weile gewöhnt man sich daran. Man lernt damit zu leben.«

»Haben Sie sich an Rico gewöhnt?«, fragte Addie leise.

Marcia sah sie gereizt an. »Rico ist nicht obdachlos und er ist kein Alkoholiker«, antwortete sie knapp. »Das ist ein großer Unterschied.«

Addie gab keine Antwort und nun ergriff Miss T. das Wort. »Gehen wir nach oben. Ich könnte eine Tasse Kaffee vertragen.«

Eine halbe Stunde später lag Nick ausgestreckt auf dem Sofa im Wohnzimmer und Addie hatte sich in einem großen Sessel zusammengerollt. Beide nippten an einer großen Tasse heißer Schokolade, während Sam im Schneidersitz auf dem Boden saß. Er warf Marshmellows hoch in die Luft und fing sie mit dem Mund auf.

Der Fernseher war eingeschaltet, aber niemand sah hin. Das Basketballspiel war vorüber und auf drei Kanälen gleichzeitig lief der alte Film *Ist das Leben nicht schön?* Addie drückte auf die Fernbedienung und der Bildschirm wurde schwarz.

»Hey«, protestierte Nick energisch, »ich wollte das gerne sehen!«

»Du hast den Film Billiarden Mal gesehen, Nick«, sagte Addie.

»Hab halt nichts Besseres zu tun«, seufzte er. »Ich wünschte, wir hätten einen guten Videofilm hier, den wir uns ansehen könnten.«

»Ruf den Zimmerservice«, schlug Sam vor. »Sie werden eine Auswahl heraufschicken.«

»Und was kostet das?«, wollte Nick wissen.

Sam lachte. »Absolut gar nichts. Das hier ist ein

Luxushotel und ihr habt Thierny Bryce in eurer Suite. Sie ist sehr bekannt und ihr wird hier jeder Wunsch erfüllt.«

Addie schwang ihre Beine aus dem Sessel, stand auf und marschierte hin und her. »Macht euch das alles überhaupt nichts aus?«, brach es plötzlich aus ihr heraus. »Wir räkeln uns hier gemütlich in der Luxussuite, schlürfen heiße Schokolade und sehen fern, während – dieser Jack draußen am Hintereingang sein Essen aus den Mülltonnen zusammenkratzt. Und wer weiß, wo Rico jetzt gerade steckt. Wahrscheinlich ist er noch nicht einmal zu Hause angekommen.«

Sam und Nick sahen sich vielsagend an. Dann sagte Nick ruhig: »Du hast gehört, was Marcia gesagt hat. Jack lebt so, wie er es möchte.«

Addie schüttelte den Kopf. »Ich kann mir nicht vorstellen, dass jemand wirklich so leben möchte.«

»Natürlich nicht«, gab Sam ihr Recht. »*So* möchte er bestimmt nicht leben, aber er ist nicht bereit, sein Leben wirklich auf eine andere Art einzurichten.«

»Es muss einen Weg geben, ihm zu helfen.« Addie beharrte auf ihrem Standpunkt.

Miss T. war ins Zimmer getreten und hatte das Ende ihrer Unterhaltung gehört. Sie setzte sich, griff nach Addies Arm und zog sie neben sich aufs Sofa. »Jack braucht mehr Hilfe, als wir ihm in den paar Tagen geben können, die wir hier sind, Addie. Du weißt auch, dass andere schon versucht haben ihm zu helfen. Ehe Jack nicht selbst einsieht, dass er Hilfe braucht, wird keiner es schaffen, ihm wirklich zu helfen.«

Sam nickte. »Das Beste für ihn wäre gewesen, dass ihn jemand aufgenommen hätte, als er noch in Ricos Alter war, und ihm beigebracht hätte, was wirklich wichtig ist.«

Sofort strahlte Addie wieder. »Nun, dann wissen wir ja, was zu tun ist. Wir können Rico helfen!«

Miss T. lächelte angesichts Addies leuchtender Augen. »Wir werden sehen. Ich habe den jungen Mann noch nicht einmal kennen gelernt.«

»Wir werden ihn morgen suchen und Ihnen vorstellen«, versprach sie. Dann musste sie herzhaft gähnen. »Jetzt gehe ich aber lieber ins Bett«, sagte sie abschließend.

»Es ist doch erst halb neun«, protestierte Nick energisch. »Du kannst doch unmöglich schon müde sein!«

»Ich bin seit fünf Uhr auf den Beinen«, erklärte Addie.

»Was für eine Schlafmütze«, zog Nick sie auf.

Addie streckte ihm die Zunge heraus und sagte allen anderen gute Nacht. Als sie fertig ausgezogen war, klopfte Amy leise an ihre Tür.

»Herein«, rief Addie.

»Ich habe gehört, dass du uns heute schon früh alleine lassen möchtest«, lachte Amy. »Sollen wir noch zusammen beten, bevor du einschläfst?«

Addie nickte dankbar. »Ich bete sonst immer mit meinen Eltern«, sagte sie. »Ich vermisse sie ein bisschen.«

Amy und Addie setzten sich auf den Rand des riesigen Wasserbettes und Amy begann leise zu beten. Sie dankte Gott für die gute Reise, die sie gehabt hatten, und bat für Addie um Weisheit bei ihrem Wunsch, Rico zu helfen. Addie betete für ihre Eltern und die noch vor ihnen liegenden Ferientage. Als sie beide das Gebet in Jesu Namen beendeten und Amen sagten, fielen Addie schon die Augen zu. Das sanfte Schaukeln des warmen Bettes ließ sie sofort in Schlaf sinken.

Nick saß vor dem Fernseher und sah sich gerade die Nachrichten an, als Addie am nächsten Morgen aus ihrer Türe trat. Er hob die Hand und bedeutete ihr zu schweigen, ehe sie überhaupt die Chance hatte den Mund aufzumachen.

»... und die öffentlichkeitsscheue Schauspielerin ist seit ihrer Ankunft am gestrigen Morgen hier in Chicago noch nicht aus ihrer Luxussuite herausgekommen, die sie im Jean-Luc's, einem exklusiven Vier-Sterne-Hotel bezogen hat.«

»Das denkst du dir so«, lachte Nick laut über den Reporter.

»Die Pressenotiz besagt, dass sie mit ihren kleinen Freunden Addie McCormick und Nick Brady bis morgen dort bleiben möchte. Dann ist ein Essen mit ihrem ehemaligen Filmpartner und Freund Winston Rinehart geplant. Zurück zu dir, Carl.«

»Was?!«, rief Nick laut. »Winston ist hier?«

Miss T. stand im Türrahmen ihres Zimmers. »Nein, bis jetzt ist er noch nicht hier und das sollte auch eine Überraschung bleiben. Winston wird sehr enttäuscht sein. Diese verflixten Reporter!«

»Wir werden aus allen Wolken fallen, so überrascht werden wir sein«, versicherte Nick Miss T. lachend und sie zwinkerte ihm zu.

»Wehe, ihr gebt euch keine Mühe«, warnte sie schmunzelnd. »Aber jetzt müsst ihr mir erst einmal helfen, die Verkleidung für heute auszusuchen.«

Addie und Nick liefen zu ihr ins Zimmer und zu dritt durchwühlten sie die verschiedenen Tüten mit diversen Perücken, Hüten, Brillen, Schals und Tüchern, die Marcia am vergangenen Tag gebracht hatte.

Während sie gemeinsam nach dem »coolsten Outfit« stöberten, wie Nick sich scherzhaft ausdrückte, schwang die Tür auf.

»Herein«, rief Miss T., und Addie hörte ein leises Rascheln. Durch den Spalt in der Schlafzimmertür konnten die beiden Carmen beobachten, die gerade einen großen, weißen Servierwagen ins Wohnzimmer schob.

»Lassen Sie den Wagen einfach dort stehen, Carmen«, rief Miss T. durch die Tür. »Wir decken selbst den Tisch. Wir sind noch nicht ganz fertig.«

»In Ordnung«, antwortete Carmen und verließ schnell das Zimmer.

Heute würde Miss T. eine unscheinbare Brünette mit Brille sein. Sie trug Ohrwärmer aus Webpelz und den Mantel vom Vortag.

Sie waren gerade mit dem Aussuchen fertig geworden, als Addie die Tür erneut aufschwingen hörte. Kurz darauf schloss sie sich wieder. Sie wartete ab, wer das Zimmer wohl nun betreten hatte, aber es dauerte mehrere Sekunden, bis Sam ins Zimmer trat.

»Hi«, begrüßte das Mädchen ihn. »Wo warst du denn schon so früh am Tag?«

Sam sah sie verwirrt an. »In meinem Schlafzimmer. Warum?«

Addie runzelte die Stirn. »Ich dachte, ich hätte die Tür zur Halle gehört.«

Sam hob die Schultern. »Da musst du dich verhört haben. Ich war's nicht. Was steht heute auf dem Plan?«

»Frühstück. Und dann das Museum für Industrie und Wissenschaft«, sagte Miss T. »Kommt, wir wollen frühstücken.«

Duftende Hörnchen mit viel Butter und Erdbeermarmelade waren die Krönung von Addies Frühstück, obwohl es auch Platten mit Wurst, Schinken, Eier und frische Früchte gab.

Als sie fertig waren, gingen alle schnell in ihre Zimmer, um sich mit Mänteln, Schals, Mützen und Handschuhen für den Ausflug fertig zu machen. Sam und Nick traten aus ihrem Zimmer heraus. Sam sah sehr ernst aus.

»Hat jemand mein Portmonee gesehen?«, fragte er.

Miss T. deutete mit dem Kopf auf den Couchtisch. Dort hast du es gestern Abend liegen gelassen.«

Sam schnippte mit den Fingern. »Ach ja, hatte ich ganz vergessen.«

Aber als er am Couchtisch ankam, fand er dort nichts als Zeitschriften und die Vase mit frischen Blumen, die Carmen zusammen mit dem Frühstück gebracht hatte.

»Das ist doch komisch«, sagte Sam. »Nein, Augenblick mal, da ist es ja.« Er griff hinter den Tisch und holte ein schwarzes Portmonee unter dem Tisch hervor. Er sah kurz hinein und runzelte die Stirn. »Wisst ihr noch, was ich gestern Abend gekauft habe?«, fragte er die anderen.

Keiner konnte sich daran erinnern, dass Sam überhaupt etwas gekauft hatte.

»Na super!«, stöhnte er. »Es fehlen zehn Dollar. Ich weiß, dass ich noch fünfundzwanzig Dollar im Portmonee hatte.« Er hielt einen einzelnen Zehndollarschein und einen einzelnen Fünfdollarschein hoch.

Addie sprach ganz langsam: »Und ich habe gestern mein Portmonee mit dem Kleingeld nicht mehr wiedergefunden. Ich hatte meine Tasche auf das Sofa gestellt, aber Nick fand sie auf dem Boden. Der Reißverschluss war offen und das Portmonee mit den Münzen war weg.«

»Du denkst also, dass irgendjemand hier stiehlt?«, wollte Nick wissen.

Miss T. nickte seufzend. »Sieht so aus. Und es muss einer der Angestellten gewesen sein, denn nur sie haben Zutritt zu diesen Räumen. Ich nehme an, es ist eine zu große Versuchung, wenn sie Geld herumliegen sehen, und keiner ist da, der sie vom Diebstahl zurückhält. Ich werde mit Marcia darüber sprechen.«

»Aber warum nehmen sie dann nicht alles mit, wenn die Gelegenheit schon mal da ist?«, fragte Nick. »Addie hatte viel mehr Geld in ihrer Tasche als nur das Kleingeld. Und Sam hatte fünfundzwanzig Dollar. Warum nahm der Dieb nur zehn?«

»Weil Diebe ganz schön schlau sind«, meinte Amy. »Sie entwenden nur kleine Beträge, in der Hoffnung, dass der Bestohlene den Unterschied gar nicht bemerkt. Und wenn ihm doch etwas auffällt, wird er sich selbst die Schuld geben, weil er vergessen hat, wo er das Geld ausgegeben hat, oder er denkt, dass er das Portmonee verlegt hat, so wie Addie gestern Abend.«

»Gut. Darüber wollen wir uns aber jetzt im Augenblick keine Gedanken mehr machen«, schloss Miss T. ab. »Ich kann euch beiden das Geld, das ihr verloren habt, ersetzen und ich bin sicher, dass das Hotel mich entschädigen wird. Vergessen wir das Ganze einfach jetzt und machen wir uns einen schönen Tag.«

Sie verließen die Suite und gingen den Gang hinunter zum Serviceraum. Addie blieb aber etwas zurück und Nick blieb an ihrer Seite.

»Was ist los?«, wollte er wissen. »Du hast Miss T. gehört. Sie wird euer Geld zurückbekommen.«

Addie schüttelte den Kopf. »Das ist es nicht. Es geht nicht um das Geld. Es waren ja nur knapp zwei Dollar Kleingeld.« Sie verstummte und Nick knuffte sie in die Seite.

»Komm schon«, drängelte er. »Raus damit. Was ist los?«

Sie zuckte die Achseln. »Keine Ahnung. Ich habe so ein dumpfes Gefühl. Ich glaube nicht, dass die Angestellten uns bestehlen.«

»Na toll!«, maulte Nick. »Deine dumpfen Gefühle kenne ich. Die bringen uns immer in Schwierigkeiten. Hier ist nichts Geheimnisvolles im Gange, also vergessen wir's doch einfach, okay Addie?«

Addie schnitt eine Grimasse und sagte nichts mehr. Sie sah im Geiste immer noch den weißen Turnschuh hinter genau jener Ecke verschwinden, auf die sie jetzt zusteuerten. Und sie war sich absolut sicher, dass die Tür der Suite heute morgen auf- und zugeglitten war, obwohl niemand zu sehen gewesen war.

Nein, hier war *doch* etwas im Gange und Addie würde herausfinden, was das war.

Kapitel 8

Knapp davongekommen

Die Fahrt zum Museum für Industrie und Wissenschaft gab ihnen einen ersten richtigen Eindruck vom Verkehr in Chicago. Das Museum lag im Süden der Stadt am *Lake Shore Drive.* Unglücklicherweise war am frühen Morgen ein Tanklaster auf der vereisten Fahrbahn ins Schleudern geraten und hatte einen Stau verursacht, der sich bis auf die Umgehungsstraßen auswirkte. Als sie endlich in dem kleinen Auto ihr Ziel erreicht hatten, waren alle steif vom langen Sitzen.

»Stunden später ...« murmelte Nick, entknotete seine Beine und kletterte vom Rücksitz aus dem Wagen heraus. »Ich hoffe, das hier ist es wert.«

Völlig überrascht schaute Sam den Jungen an: »Warst du schon einmal hier?«, fragte er ihn.

Nick schüttelte den Kopf und hob die Schultern. »Es ist bloß ein Museum. Sind ja doch alle gleich.«

»Erzähl mir das heute Abend noch einmal«, lachte Sam.

Sie waren trotz des Stau früh angekommen, aber die Schlangen vor den Kassen waren schon recht lang. Sam meinte, wegen der Weihnachtsferien. Nach ein paar Minuten hatten sie ihre Eintrittskarten und konnten ihre Jacken aufhängen. Miss T. weigerte sich, ihren Mantel und die Ohrwärmer auszuziehen, aber die Kinder versicherten ihr wortreich, dass sie auch ohne diese Requisiten wie eine Matrone aussehen würde.

»Am besten, wir trennen uns«, schlug Miss T. vor. »Ich war gestern Abend völlig erledigt, weil ich den ganzen Tag versucht habe, mit euch Schritt zu halten. Amy und ich wollen diesmal alles in Ruhe anschauen. Wir treffen uns am besten erst zum Mittagessen wieder. Im Untergeschoss ist ein Restaurant. Treffen wir uns doch alle um ein Uhr dort.«

Den Kindern gefiel der Gedanke, sich allein umsehen zu dürfen, und sie waren verschwunden, ehe Miss T. zu Ende gesprochen hatte.

»Was sollen wir uns zuerst ansehen?«, fragte Nick, aber er war schon fasziniert von dem riesigen, wolligen Mammut, das am Eingang der Abteilung »Erde« aufgebaut war. Sie besuchten diesen Ausstellungsbereich zuerst, bevor sie in der Abteilung »Nahrung zum Leben« zusehen konnten, wie ein kleines Küken aus dem Ei ausschlüpfte.

Danach entbrannte eine hitzige Diskussion darüber, ob sie zuerst das »Kohlenbergwerk« oder das »Märchenschloss« besuchen sollten. Sam beendete den Streit kurzerhand dadurch, das er sie zum »U-Boot 505« führte, einem deutschen U-Boot, das während des Zweiten Weltkrieges von der US-Marine erbeutet worden war. Dann war die Zeit zum Mittagessen gekommen. Als sie mit Amy und Miss T. zusammentrafen, argumentierten Addie und Nick unvermindert heftig, welcher Teil als Nächstes besichtigt werden sollte.

Alle hatten einen Bärenhunger und so verschwanden die belegten Brote und kalten Getränke innerhalb von Minuten. Miss T. reichte jedem noch eine Eintrittskarte.

»Ihr müsst euch den Film ansehen, der im Henry-Crown-Raumfahrtzentrum gezeigt wird«, sagte sie eindringlich. »Der Film handelt von Vulkanen und ist hochinteressant. Aber das Tollste ist das Theater selbst; das werdet ihr bestimmt nie vergessen.«

Gehorsam gingen Sam und die beiden Kinder zu dem großen Omnimax-Theater, und das Erlebnis dort war mindestens so schön, wie Miss T. es beschrieben hatte. Der Saal hatte ein hohes Kuppelgewölbe und die Hälfte der Wände und Deckenteile waren mit Filmleinwand versehen. Die Kinosessel standen in der anderen Hälfte des Raumes. Sie waren sehr bequem und man konnte sich gut hineinlegen, um an die Deckenleinwand zu schauen.

Nach dem Film beschlossen sie, sich anzustellen, um den Simulations-Flug in einem Weltraum-Shuttle mitzumachen. Dann konnte Addie die beiden Jungen endlich überzeugen, doch das »Märchenschloss« anzuschauen. Sie war hellauf begeistert von all den kleinen, zierlichen Möbeln, Ausstattungsgegenständen, fließendem Wasser und elektrischem Licht. Aber die Jungen brannten darauf, das »Kohlenbergwerk« zu besuchen, und so verließen sie das Schloss recht bald und beschlossen, die verbleibende Zeit mit der Besichtigung des Bergwerkes und der Vorkriegsflugzeuge zu verbringen, die glänzend poliert von der Decke hingen.

Als die drei schließlich um fünf Uhr zum Eingangsbereich zurückkamen, saßen dort schon Miss T. und Amy gemütlich auf einer der Bänke. Nick ließ sich neben der Bank auf den Fußboden plumpsen und stützte seinen Kopf an der Armlehne ab.

»Ich glaube, mein Gehirn ist heiß gelaufen«, seufzte er.

»Ich bin auch auf dem Trockendock«, stimmte Addie ihm zu.

Sam lachte. »Und – hat sich das Ganze gelohnt?«, fragte er. »Ich meine, schließlich ist das hier doch nur ein Museum.«

Nick behielt seine Augen geschlossen, aber er hatte doch ein müdes Grinsen für Sam. »Die Anfahrt hat sich allemal gelohnt«, gab er zurück, »und sogar die Rückfahrt ist noch mit drin!«

»Und die sollten wir jetzt sofort in Angriff nehmen«, nahm Miss T. den Faden auf. »Es ist schon dunkel draußen, und ich habe Marcia gesagt, wir würden ungefähr um sechs Uhr zurück sein, damit uns auf jeden Fall jemand ins Hotel lassen kann.«

Es dauerte einige Minuten, bis sie ihre Mäntel gefunden hatten. Der Garderobenbereich wimmelte von Menschen, die alle nach Hause wollten, und es gab Puffe und Ellenbogenstöße. Miss T.'s Ohrenwärmer waren am schwersten zu finden. Als man sie endlich ausfindig gemacht hatte, zog Miss T. sie über die Ohren. Addie betrachtete ihre ältere Freundin mit skeptischem Gesicht.

»Ich glaube, das sind nicht Ihre, Miss T.«, gab sie zu bedenken.

»Sie fühlen sich in der Tat ziemlich eng an. Aber wer würde solche Scheußlichkeiten sonst anziehen?«

»Das sind meine«, sagte eine zarte Stimme neben Miss T. Ein kleines Mädchen mit blonden Locken und großen braunen Augen starrte die alte Dame sehnsuchtsvoll an.

»Bist du sicher, Liebling?«, fragte der Vater des Mädchens.

»Ja, sie hat bestimmt Recht«, sagte Miss T.«, mir sind sie viel zu eng.« Schnell versuchte sie sich die Ohrwärmer vom Kopf zu ziehen, erwischte in ihrer Hast eine Locke ihrer Perücke und zog diese gleich mit vom Kopf.

Dem kleinen Mädchen fielen fast die Augen aus dem Kopf und dann fing es an zu kichern.

»Also Heather«, rügte ihr Vater sie, aber auch er lächelte. Nick und Addie mussten sich abwenden, um nicht in schallendes Gelächter auszubrechen. Nur Amy schien erschrocken zu sein und sie half Miss T. blitzschnell, die Perücke wieder auf den Kopf zu bekommen. Während sie daran zog, berührte sie mit dem Arm versehentlich das Gestell der ohnehin lockeren Metallbrille. Sie rutschte Miss T. von der Nase und landete klappernd auf dem Fußboden.

Der Vater des Mädchens bückte sich sofort, um sie aufzuheben.

»Bitte sehr«, sagte er höflich und mit ernstem Gesicht, als er sich wieder aufrichtete. »Wir kriegen alles wieder zusammen, ehe Sie –.« Er brach ab und starrte Miss T. ungläubig an, die jetzt mit schräg sitzender Perücke und ohne Brille vor ihm stand. »Du liebe Zeit!«, sagte er tonlos.

»Connie, komm schnell her!«, rief er laut, und eine junge Frau, offensichtlich seine Ehefrau, kam mit einem weiteren Kind angelaufen. »Sind Sie etwa –«, begann er zögernd.

Aber seine Frau unterbrach ihn mit einem erstickten Schrei. »Tierny Bryce!«, rief sie, begann sofort in ihrer Handtasche zu kramen und förderte einen Stift und ein Stück Papier zu Tage. »Ich kann es nicht fassen. Kann ich ein Autogramm haben? Ach bitte, Sie können sich nicht vorstellen, was mir das bedeutet. Ich liiiebe Ihre Filme, und ich war so aufgeregt, als es hieß, Sie kommen nach Chicago! Bei der Eröffnung nächste Woche werden wir auch dabei sein.«

Obwohl Amy um weniger Aufsehen und mehr Ruhe bat, hörte die Frau nicht auf lauthals zu erzählen, und bald hatte sich ein Menschenauflauf angesammelt. Miss T. sah resigniert aus und begann Autogramme zu geben.

Amy zog Sam an die Seite: »Hol das Auto! Wir treffen uns vor dem Eingang. Wir müssen hier raus.«

Addie und Nick gingen mit ihm zum Auto und er parkte so nah wie möglich an der Eingangstüre. Es dauerte einige Minuten, bis Miss T. und Amy in der Tür erschienen, umringt von einer Menschenmenge. Ein Angestellter des Museums versuchte den beiden zu helfen, aber aufgeregte Fans hörten nicht auf, Miss T. mit Stiften und Papier zu bedrängen, und sie kritzelte eifrig Autogramme auf die Papierfetzen, ehe sie endlich am Auto anlangte.

Sam war ein wesentlich rasanterer Fahrer als Willard, und er startete mit quietschenden Reifen so schnell, dass die Fans zur Seite springen mussten.

»Pass nur auf, fahr niemanden um!«, rief Miss T. energisch, aber sie atmete doch erleichtert auf, als der letzte Fan hinter ihnen verschwunden war. Sie waren jetzt wieder auf der Straße und ein paar Minuten sagte niemand etwas. Dann langte Nick über die Rückenlehne, um die verrutschte Perücke wieder gerade zu ziehen, und alle brachen in schallendes Gelächter aus.

»Liebe Güte«, schnaufte Miss T. schließlich. »Schätze, wir sind glimpflich davongekommen, aber trotzdem werden wir zu spät im Hotel sein.«

Sam schaltete das Radio ein. »Auf WLS kommt jetzt Verkehrsfunk«, sagte er, »dann erfahren wir, wo wir am besten durchkommen.«

Der Verkehrsfunk meldete Chaos auf der ganzen Linie. Der Unfall, der sich am Morgen ereignet hatte, war noch immer Ursache von Staus auf allen großen Straßen. Aus dem verunglückten Tankwagen war Benzin ausgeflossen und man bemühte sich, die Fahrbahn zu reinigen und den Schaden möglichst gering zu halten. Der Reporter sprach von etwa einer Stunde Fahrzeit bis zur Innenstadt von Chicago.

Sam runzelte besorgt die Stirn. »Wir haben nicht genug Benzin im Tank, um eine Stunde im Schritttempo zu fahren«, sagte er.

»Können wir nicht durch die Seitenstraßen fahren?«, wollte Miss T. wissen.

Sam nickte langsam.

»Gut«, meinte Miss T. »Dann tun wir das.«

Sam zögerte kurz. »Verriegelt die Türen«, war alles, was er sagte.

Kurze Zeit später merkten alle, dass ihr Weg durch ein ziemlich zwielichtiges Viertel führte. Die Straßen waren voller Müll und die Häuser hatten fast alle mindesten eine kaputte Fensterscheibe. Zwischendrin standen ausgebrannte Gebäude mit grellen Graffitis an den Wänden.

Die Nacht war kalt, deshalb waren nur wenige Fußgänger unterwegs. Aber als Sam vor einer roten Ampel anhalten musste, gingen vor dem Wagen drei junge Burschen über die Straße. Der letzte haute mit der Faust krachend auf die Motorhaube und alle fuhren zusammen. Das fanden die drei wahnsinnig komisch und einer von ihnen kam zurück, hämmerte gegen Sams Scheibe und schrie obszöne Worte. Als er an Sams Tür rüttelte und sie zu öffnen versuchte, zischte Miss T. fast unhörbar: »Kannst du bei Rot nicht einfach nach rechts abbiegen?«

Ohne zu zögern kurvte Sam um die Ecke. Nick und Addie drehten sich um und sahen die wütenden Teenager, die laut hinter ihnen herschimpften und wild gestikulierten.

Der Rest der Fahrt verlief in tiefem Schweigen, obwohl sie sich nach und nach alle entspannten. Zwanzig Minuten später fuhren sie an der hinteren

Stahltür des Jean-Luc's vor und die Tür schwang bereits auf, noch bevor Sam das Auto abschließen konnte.

»Sie sind spät dran«, rief Marcia fröhlich. »Sie hatten doch hoffentlich keinen Ärger, oder?«

Keinem fiel eine passende Antwort ein, und so sagte Miss T. schließlich nur: »Nein, kein Ärger.«

»Nur durch Gottes Gnade«, fügte Amy noch hinzu.

Kapitel 9

Der Dieb kehrt zurück

Schweigend hörte Marcia zu, als Sam von dem unangenehmen Zwischenfall im Museum und der Fahrt durch die Innenstadt berichtete. Sie waren alle wieder in der Suite und saßen zusammen in Miss T.'s Zimmer. Als Sam endlich auch dazugekommen war, lächelte Marcia entschuldigend angesichts der düsteren Mienen rund um den Tisch.

»Hat denn wenigstens der Museumsbesuch Spaß gemacht?«, fragte sie.

»Das war super!«, versicherte ihr Nick.

»Ja, es war ein wunderschöner Tag«, fügte Miss T. hinzu, »mit einem sehr hässlichen Ende.« Die alte Dame sah bleich und müde aus.

»Ich werde Kaffee heraufschicken und heiße Schokolade und –», Marcia zog die Augenbrauen zusammen und überlegte. »Pizza!«, entschied sie schließlich triumphierend. »Pizza Chicago mit dickem Boden, extra Käse, riesige Mengen von Pepperoni und Wurst und – .«

»Schwarze Oliven«, schlug Addie vor.

»Pilze«, fügte Nick hinzu.

Sam grunzte. »Ihr macht mich wahnsinnig«, rief er. »Ich bin am Verhungern! Todesgefahr löst bei mir immer Riesenhunger aus.«

Alle lachten, nur Miss T. schüttelte den Kopf.

»Ich bin noch viel zu dankbar, dass wir alle gesund und munter hier sitzen, als dass ich darüber lachen könnte.«

Marcia stimmte ihr zu. »Sie haben sehr viel Glück gehabt.«

Nick widersprach ihr: »Das hatte mit Glück überhaupt nichts zu tun. Als ich diese ganzen ausgebrannten und kaputten Häuser sah, habe ich sofort angefangen zu beten.«

Marcia sah ein bisschen überrascht aus, aber sie lächelte. »Nun, dann höre noch nicht damit auf«, entgegnete sie. »Wenn ich mich nicht irre, werdet ihr heute Abend in den Nachrichten sein. Ich bin sicher, dass im Museum jemand das Fernsehen angerufen hat. Wenn ihr morgen das Hotel verlassen möchtet, werden garantiert vor sämtlichen Türen Reporter stehen. Und vor diesen Leuten kann euch nur Gebet schützen!«

Sie stand zu ihrem Wort und ehe eine halbe Stunde um war, saßen sie alle vor einer riesigen Pizza. Sie half Carmen, den Wagen hereinzuschieben, und deckte mit ihr gemeinsam den Tisch. Sam Nick und Addie stürzten sich heißhungrig auf ihre Mahlzeit. Miss T. und Amy aßen etwas langsamer, aber trotzdem vergingen nur wenige Minuten und die Pizzaplatte war gähnend leer. Sam ließ sich mit zufriedenem Seufzer in einen Sessel fallen.

»Was gibt's zum Nachtisch?«, fragte Nick Marcia.

»Soll das heißen, du bist noch nicht satt?«, lachte sie. »Was möchtest du denn noch?«

Nick hob die Schultern. »Ach, nichts Großes. Könnte ich einen Schokoriegel bekommen?«

Marcia sah ihn verblüfft an. »Natürlich«, antwortete sie. »Soll das heißen, ihr habt die Snack-Bar noch nicht entdeckt?«

»Die was?«

»Kommt bitte mit«, sagte sie und die drei folgten ihr ins Wohnzimmer. Neben dem Fernseher öffnete sie eine kleine Tür, hinter der sich ein kleiner Kühlschrank befand. Er war gefüllt mit diversen Schokoriegeln, Chips, Joghurts, Limonaden und Säften.

Nick bekam leuchtende Augen und nahm sich zwei Schokoriegel und eine Cola heraus. Addie und Sam wählten auch einen Schokoriegel für sich.

»Miss T., möchten Sie auch etwas?«, fragte Addie.

»Such mir auch einen Schokoriegel aus«, antwortete Miss T, »und bring für Amy bitte auch etwas mit.«

Addie kannte Miss T.'s Vorliebe für Schokolade und Karamell, also suchte sie einen entsprechenden Riegel aus und nahm für Amy eine Tüte Erdnüsse in Schokolade mit. Marcia ging zurück in Miss T.'s Zimmer, um dort den Tisch abzuräumen. Die Kinder und Sam halfen ihr dabei, bevor sie ihren Nachtisch aßen.

Carmen kam, um den Servierwagen wieder abzuholen, und Marcia wollte mit ihr zusammen wenige Minuten später die Suite wieder verlassen. Im Türrahmen blieb sie aber noch einmal stehen. »Möchten Sie heute Abend einen Film ansehen?«, fragte sie, »wir haben eine ziemlich große Auswahl an Filmen unten. Ich könnte einige heraufschicken, damit Sie sich einen aussuchen.«

»Das wäre sehr nett«, erwiderte Miss T. »Sie sind sehr zuvorkommend, Marcia, vielen Dank.«

Marcia zwinkerte. »Das ist mein Job«, erklärte sie lächelnd.

»Wo ist mein Schokoriegel, Addie?«, fragte Miss T., nachdem die beiden Frauen gegangen waren.

»Auf dem Couchtisch«, gab Addie zur Antwort, »genau da ...« Ihre Stimme erstarb. Sie war verblüfft. »Sie sind weg.«

»Wahrscheinlich hast du vergessen, sie aus dem Kühlschrank zu nehmen«, meinte Sam.

»Nein«, Addie schüttelte energisch den Kopf. »Ich weiß ganz genau, dass ich sie hier hingelegt habe.«

Miss T. runzelte die Stirn. Dann schaute sie Nick von der Seite an: »Du hast nicht zufällig die Schokoriegel verlegt, Mr. Brady?«

»Natürlich nicht!« Nick protestierte ehrlich betroffen. »Ich hab' sie schon gegessen, meine zwei – na ja, drei«, beichtete er, und Sam kicherte. »Aber das waren nicht Ihre. Ich wette, die liegen noch im Kühlschrank.«

Also öffnete Addie noch einmal die Kühlschranktür. Dort lag noch ein Riegel mit Karamell und Schokolade, aber ganz hinten, und Erdnüsse in Schokolade gab es keine mehr.

»Hier stimmt irgendetwas nicht«, stellte das Mädchen fest. »Ich weiß absolut sicher, dass ich die

Süßigkeiten aus dem Kühlschrank genommen und auf den Couchtisch gelegt habe.«

»Und wo sind sie dann jetzt?«, fragte Nick spöttisch. »War ein Geist hier drin und hat sie gestohlen?«

»Still, Nick«, sagte Miss T. ruhig. »Carmen war hier. Sie brachte doch das Essen.«

»Aber sie war nie allein hier im Zimmer«, gab Addie zu bedenken.

Miss T. schüttelte frustriert den Kopf. »Ich weiß auch nicht. Ich werde mit Marcia über alles sprechen, wenn sie uns gleich die Filme bringt.«

Aber Marcia konnte sich genau so wenig erklären, wohin die Süßigkeiten verschwunden waren. Als sie dann noch von dem verschwundenen Geld hörte, war sie sehr aufgeregt.

»Ich kann mir wirklich nicht vorstellen, dass einer unserer Angestellten etwas stehlen würde«, protestierte sie. »Ich weiß, dass in Hotels viel gestohlen wird, aber bei uns folgt auf einen Diebstahl die fristlose Kündigung. Und eine Stelle im Jean-Luc's zu haben bedeutet hier allen sehr viel. Unsere Angestellten wissen das. Keiner von ihnen würde für so etwas seinen Job aufs Spiel setzen.«

Sie blickte in die ernsten Gesichter, die sie anschauten. »Aber es fehlen sowohl das Geld als auch die Süßigkeiten«, musste sie schließlich einräumen. »Ich … werde der Sache nachgehen. Und ich versichere ihnen, dass alles ersetzt wird. Das Geld werde ich selbst vorbeibringen.«

Marcia ging wieder und Addie setzte sich mit

Nick und Sam vor den Fernseher, um *Ein Hund namens Beethoven* anzusehen, ein Film, dessen Hauptdarsteller ein Bernhardiner ist. Der Film war sehr schön, aber Addie, die den Film schon kannte, döste schon lange vor der letzten Szene ein.

Sie wurde erst wieder wach, als Sam und Nick sie mit einem Wattebausch, der an einem Strohhalm klebte, an der Nase kitzelten.

»Was soll das?«, brummelte sie und versuchte den Wattebausch wegzuwischen. Aber sie schmierte sich nur etwas Weißes, süß Duftendes ins Gesicht und wachte schlagartig vollends auf.

»He, ihr zwei!«, rief sie. »Was ist das? Hmmmm«, machte sie und leckte sich den Rest Schlagsahne von den Fingerspitzen.

Nick lachte schadenfroh und schlug auf Sams ausgestreckte Handfläche. »Schau dich mal im Spiegel an, Addie.«

»Völlig egal, wie ich aussehe«, sagte sie ruhig. »Ich liebe Schlagsahne. Woher habt ihr die Sahne überhaupt?«

»Von Marcia«, gestand Nick.

»Ich werde sie morgen zur Rede stellen«, sagte Addie, »aber dich kauf ich mir heute!« Sie griff nach der Schüssel mit Schlagsahne auf dem Beistelltisch und schon hatte Nick einen dicken Platsch im Gesicht. Er prustete überrascht und versuchte ihr die Schüssel zu entwinden.

Unverzüglich kam Miss T. aus ihrem Schlafzimmer. Sie klatschte laut in die Hände. »Jetzt ist aber Schluss«, rief sie und nahm den Kindern die klebrige Schüssel ab. »Hier bitte keine Essensschlachten, Mr. Brady«, sagte sie ernst.

»Addie hat angefangen«, erklärte er und lachte. Daraufhin wischte Addie den letzten Rest Sahne von seiner Wange und schmierte sie ihm in die Haare.

»Ich hatte doch gesagt, jetzt ist Schluss.« Miss T.'s Stimme verriet, dass sie sich das Lachen verbeißen musste. »Geht jetzt bitte beide erst einmal unter die Dusche und macht euch dann fertig zum Schlafengehen. Jetzt sofort!«, bekräftigte sie noch einmal, als Nick hinter ihrem Rücken erneut nach der Schüssel griff. Widerstrebend machten sich die zwei auf den Weg.

Addie war immer noch überwältigt davon, dass sie ein Bad ganz für sich allein hatte. Sie nahm sich viel Zeit zum Duschen. Hier war das heiße Wasser nicht nach einer bestimmten Zeit verbraucht und niemand schimpfte, weil sie so viel Dampf verursachte. Als sie endlich wieder auftauchte, war sie schrumplig wie eine Dörrpflaume. Sie putzte sich die Zähne und kämmte die langen schwarzen Haare sorgfältig durch. Eingehüllt in ihren Bademantel kam sie wieder ins Wohnzimmer, gerade als die Nachrichten anfingen.

Wie erwartet war das Hauptthema der Neun-Uhr-Nachrichten das »Aufspüren« von Tierny Bryce im Museum für Industrie und Wissenschaft.

»... obwohl Miss Bryce es schaffte, vor dem Eintreffen der Medienvertreter zu entwischen, haben wir heute Abend hier bei uns im Studio die Familie, die den bekannten Filmstar als erste erkannte.«

Connie stand nervös neben dem Reporter. Sie war immer noch ganz aufgeregt, dass sie Tierny Bryce gesehen hatte. Sie erzählte die Geschichte von der »Enttarnung« und ihre Tochter hielt die Ohrwärmer vor die Kamera, die Miss T. für ihre eigenen gehalten hatte.

»Man muss sich das mal vorstellen«, lachte Nick, »Miss T. aufgeflogen durch ein paar Ohrwärmer.«

»Psch«, meinte Miss T. milde lächelnd.

Verschiedene andere Fans zeigten noch die Papierfetzen, die Miss T. für sie signiert hatte. Ein Mann, der unbedingt ein Autogramm haben wollte, hatte an Papier nur seinen wöchentlichen Gehaltsscheck zur Verfügung gehabt. Er zeigte dem Reporter stolz Miss T.'s Unterschrift auf der Rückseite des Schecks.

»Das wollte ich gar nicht machen«, schnupfte Miss T. »Aber der Mann sagte, mit meiner Unterschrift sei der Scheck viel mehrt wert, als wenn er ihn zur Bank trüge. Manche Leute ...«

»... und deshalb sage ich: Chicago, Augen auf! Während Tierny Bryce in unserer Stadt ist, könnte es sich lohnen, irgendeiner kleinen, alten Dame über die Straße zu helfen! Das war Beverly LaForge von Kanal Neun.«

Sam begann zu lachen. »Ich sehe es direkt vor mir: Jede ältere Dame über 65 wird morgen verdächtigt. Die Kinder werden sie an den Haaren ziehen und ihnen die Brille von der Nase reißen, nur um zu sehen, ob darunter vielleicht Tierny Bryce steckt!«

»Sei nicht albern«, sagte Miss T., aber sie sah doch ein wenig besorgt aus.

Der nächste Bericht handelte von vier Jugendlichen, die vor einem Mietshaus aus einem fahrenden Auto heraus wahllos auf drei Menschen geschossen hatten, die gerade aus der Haustür kamen. Ein Kind war schwer verletzt worden und seiner Mutter ging es leidlich gut.

Nick seufzte. »Zurück zum wirklichen Leben. Ich möchte mir das nicht anschauen. Ich werde mir jetzt die Haare fönen.« Er hatte seine Haare nach dem Duschen nicht geföhnt und sie standen ihm noch wild vom Kopf ab.

»Gute Idee«, zog Addie ihn auf, »sonst wachst du morgen auf und siehst aus wie ein Stachelschwein.«

Er warf ein Kissen nach ihr und verschwand in seinem Zimmer. Nach weniger als einer Minute stand er mit empörtem Gesicht wieder im Zimmer.

»Ihr werdet nicht glauben, was passiert ist«, sagte er. »Jemand hat meine Bürste gestohlen!«

Kapitel 10

Der Dieb wird entdeckt

Miss T. sah den Jungen forschend an. »Bist du auch ganz sicher, dass du sie mitgenommen hast?«

Sam gab die Antwort. »Ich kann das bestätigen, weil ich mir heute morgen seine Bürste geliehen habe.«

»Sucht doch noch einmal gründlich«, schlug Miss T. vor.

Sam und Nick gingen daraufhin gemeinsam in ihr Zimmer und suchten ausgiebig überall. Die Bürste blieb verschwunden.

»Das ist ja lächerlich.« Miss T. war wütend. »Natürlich bin ich froh, dass nichts verschwunden ist, das wirklich wertvoll ist, aber das ist nicht der Punkt. Ich fürchte, Marcia wird Carmen entlassen müssen.«

»Woher wissen Sie, dass es Carmen war?«, protestierte Addie. Ihr schien die hübsche Mexikanerin mit der ruhigen Stimme unmöglich zum Diebstahl fähig.

»Wer soll es denn sonst gewesen sein?«, wandte Miss T. ein. »Marcia hat mir gesagt, dass Carmen für die Zeit unseres Aufenthaltes hier für uns da sein wird. Sie kommt hierher, wenn wir weg sind, um sauber zu machen. Und sie war auch anwesend, als die anderen Sachen verschwanden.«

Nick meldete sich zu Wort: »Es ist ja nur eine Haarbürste, Miss T. Ich möchte nicht, dass sie nur wegen einer Haarbürste ihren Job verliert. Es macht mir auch nichts aus, ein paar Tage auszusehen wie ein Stachelschwein«, versuchte er zu scherzen, aber keiner konnte darüber lachen.

»Es ist nicht nur eine Haarbürste, Nick«, gab Addie zu bedenken. »Stehlen ist eine Angewohnheit, die sehr schwer abzulegen ist, außer wenn der Dieb gefasst und bestraft wird. Die meisten gewohnheitsmäßigen Diebe sagen selbst, dass sie es nicht schaffen, von sich aus das Stehlen zu lassen. Diejenigen, die geschnappt werden, hören sofort auf, wenn sie bestraft worden sind.«

»Auch wenn Carmen ihren Job verliert, so lernt sie doch dadurch eine Lektion, die ihr auf lange Sicht sehr wertvoll sein wird«, sagte Miss T. abschließend. »Außerdem bin ich sicher, dass sie einen anderen Job finden wird. Ich werde morgen mit Marcia sprechen.«

Addie wusste, dass die Diskussion damit beendet war, und sagte nichts mehr. Als sie in ihr Zimmer ging, um Nick eine Haarbürste herauszusuchen, ging Nick hinter ihr her.

»Du glaubst immer noch, dass Carmen unschuldig ist, richtig?«, fragte er sie. Addie nickte wortlos. »Nun, dann solltest du deine Theorie bis morgen früh bewiesen haben, sonst ist sie ihre Arbeit los.«

Addie reichte ihm ihre Bürste und er ging. Amy kam noch ins Zimmer, um Addie gute Nacht zu sagen, und sie beteten noch zusammen. Amy bemerkte Addies Kummer und nahm ihre Hand.

»Wenn du wirklich meinst, dass Carmen unschuldig ist«, sagte sie, »dann bete und bitte Gott, uns das zu zeigen. Er möchte niemals, dass Unschuldige bestraft werden.«

Addie nickte und umarmte Amy. »Das werde ich tun, Amy. Danke. Bis morgen früh.«

Amy schaltete das Licht aus und ging aus dem Zimmer. Die Vorhänge waren alle zugezogen, aber trotzdem drangen die grellen Lichter Chicagos durch den Stoff und tauchten das Zimmer in gedämpftes Licht. Die erste Nacht hatte Addie geschlafen, ohne die Gardinen an ihrem Bett zuzuziehen, aber heute zog sie an der Schnur und die rosafarbenen Raffgardinen rollten an allen vier Seiten herunter. Sie versuchte sich zu entspannen, jetzt da das Wasserbett sie sanft wiegte, aber es wollte sich keine Ruhe einstellen. Sie konnte nicht einschlafen, also betete sie noch einmal für Carmen und für denjenigen, der wirklich der Dieb war. Sie betete für ihre Familie, ihre Freunde in der Gemeinde und schließlich betete sie noch für alle Kinder in ihrer Klasse.

Wofür kann ich denn noch beten?, überlegte sie. *Für alle Missionare auf der Welt? Missionare!*

Addie sprang aus dem Bett und fand den Brief von Katie und Taku in ihrer Jackentasche, in die sie ihn am Donnerstagmorgen gesteckt hatte. Sie waren so mit Chicago beschäftigt gewesen, dass sie gar nicht mehr daran gedacht hatte. Sie schaltete die kleine

Messinglampe am Kopfende an, stopfte sich einige dicke Kissen in den Rücken und begann zu lesen.

Katie und Taku waren wieder in die USA zurückgekehrt, damit Taku dort die Schule besuchen konnte. Ihre beiden kleinen Jungen, Meren und Sunep, hatten sich gut eingelebt und fühlten sich im Kindergarten sehr wohl. Ihre kleine Schwester allerdings, Baby Sentila, war nicht ganz gesund. Sie hatte sich einen Virus eingefangen, der schwere Bronchitis verursachte, die sich dann zu einer Lungenentzündung mauserte und zu sechs Tagen Krankenhausaufenthalt führte.

Arme Sentila, dachte Addie. Sie sah das niedliche kleine Mädchen mit den riesigen schwarzen Augen im Geist vor sich.

Der nächste Absatz sprang Addie geradezu ins Gesicht. Katie und Taku waren auf dem Universitätsgelände in eine Studentenwohnung gezogen. »Dies ist das erste Mal, dass unsere Familie das Privileg hat, mehr als ein Zimmer zu bewohnen – und es ist himmlisch! ...«

Addie beendete die Lektüre, faltete den Brief sorgfältig zusammen und steckte ihn wieder in den Umschlag. Sie sah sich im Zimmer um, blickte auf all den verschwenderischen Luxus, der sie umgab, und schämte sich ein bisschen wegen all dem Reichtum, der ihr zur Verfügung stand. *»Ach Herr, denke nicht, dass ich nicht dankbar wäre für die Gelegenheit, das alles hier zu erleben. Ich bin sehr dankbar. Ich möchte das für nichts in der Welt verpasst haben. Hilf mir nur, dass ich im Kopf behalte,* *was wahrer Reichtum ist.«* Sie schaltete das Licht aus, rollte sich zusammen und schlief ein.

Schnell war der Morgen da und sie saßen alle zusammen im Wohnzimmer; im Fernsehen liefen Cartoons und man wartete auf Carmen mit dem Frühstück. Dann hörten sie die Türklingel. Alle zuckten zusammen, aber keiner wollte aufstehen und die Tür öffnen. Niemand wollte Carmen begegnen.

Schließlich erhob sich Miss T. und drückte auf den Türöffner. Winston Rinehardt stand mit dem weißen Servierwagen vor ihr. Die beiden umarmten sich kurz, und Addie und Nick liefen herbei, um ihren alten Freund zu begrüßen.

»Ich habe dies hier im Flur beschlagnahmt«, erzählte er lachend. »Ich habe Carmen gesagt, dass ich heute ihren Job übernehme.«

»Sehr gut.« Nick klang restlos begeistert und Miss T. gab Winston eine kurze Erklärung bezüglich des Ärgers, den sie gehabt hatten.

Winston zog seine schwarzen Augenbrauen zusammen. »Für Carmens Ehrlichkeit würde ich persönlich bürgen«, sagte er eindringlich. »Ich steige schon seit vielen Jahren in diesem Hotel ab, und Carmen ist eine der vertrauenswürdigsten Angestellten, die ich jemals kennen gelernt habe. Ich möchte euch dringend bitten, von voreiligen Schlüssen Abstand zu nehmen.«

Addie war unglaublich erleichtert, dass Winston auf ihrer Seite war, und sogar Miss T. schien jetzt ein wenig an ihrer Überzeugung zu zweifeln.

»In Ordnung«, entschied sie, »ich werde erst einmal nichts sagen. Aber wenn noch irgendetwas verschwindet, muss ich mit Marcia sprechen.«

»Das ist fair«, stimmte Winston zu. »Nun aber zum Frühstück.«

»Wir wollen in meinem Zimmer aufdecken«, schlug Miss T. vor, also schoben sie den Wagen in das entsprechende Zimmer und deckten schnell den Tisch. Alle setzten sich und Amy sprach das Tischgebet.

Miss T. goss den Erwachsenen Kaffee ein und stellte fest, dass eine Tasse fehlte. »Würdest du bitte auf dem Servierwagen einmal nachsehen, Addie?«, fragte sie, »vielleicht stehen unten im Wagen noch Tassen.«

»Wo?«, fragte Addie. Der Wagen war leer.

»Ganz unten«, erklärte Winston ihr. »In dem Schränkchen unten stehen immer noch zusätzliche Teile.«

»Richtig.« Addie erinnerte sich jetzt an die Putzmittel, die sie an ihrem Ankunftstag in so einem Schränkchen gesehen hatte.

Sie kniete sich neben dem Wagen hin und öffnete die Tür. Dort standen keine Tassen. Also ging sie auf die andere Seite. Sie öffnete die Tür und prallte zurück.

»Gibt es Tassen?«, hörte sie Miss T. fragen.

»Nein – nein, keine Tassen«, stammelte Addie. Sie ging wieder zum Tisch, setzte sich und begann zu essen.

Während des Frühstücks unterhielten sich alle

anderen angeregt, nur Addie starrte die meiste Zeit auf ihren Teller und aß schweigend. Nick sah sie mehrmals neugierig an, sagte aber nichts.

Miss T. teilte ihren Kaffee mit Winston und bald waren sie fertig mit dem Frühstück. Addie begann den Tisch abzuräumen.

»Danke, Liebes«, sagte Winston, als sie seinen leeren Teller wegnahm.

»Bitteschön«, antwortete sie und stieß Nick in die Seite. »Du könntest mir ein bisschen helfen«, schlug sie vor.

Nick runzelte die Stirn, begann aber Saftgläser und Geschirr abzuräumen.

»Können Nick und ich den Servierwagen zurück in die Küche bringen?«, fragte Addie plötzlich.

»Warum das denn?«, wollte Miss T. wissen, »ich bin sicher, dass Carmen gleich kommen wird, um ihn abzuholen.«

Addie zuckte die Achseln. »Naja, dann hätten wir halt etwas zu tun.«

»Wir haben doch heute jede Menge zu tun«, lachte Sam, aber Addie beharrte auf ihrem Standpunkt und schaute Miss T. an.

»Nun, wenn du unbedingt möchtest, Liebes«, sagte Miss T., »könnt ihr gehen. Den Weg kennt ihr jetzt ja schon. Aber kommt bitte gleich zurück.«

»Okay«, sagte Addie und beeilte sich, den Tisch zu Ende abzuräumen. Mit Nick zusammen steuerte sie den schweren Wagen durch das Zimmer ins Wohnzimmer und von dort auf den Gang. Sobald sie den Gang erreicht hatten, schaute Addie sich um und begann mit dem Servierwagen vor sich den Gang hinunterzurennen.

»Was ist denn mit dir los?«, beschwerte Nick sich, der bei dem Versuch, mit ihr Schritt zu halten, außer Atem geriet. »Was läuft hier eigentlich? Du warst schon beim Frühstück die ganze Zeit so komisch.«

»Warte bis wir im Aufzug sind«, sagte Addie nur knapp.

Der Wagen war aus voller Fahrt schwer zu bremsen und sie rutschten ein paar Meter am Eingang zum Servicebereich vorbei, ehe das Gefährt zum Stillstand kam. Sie fuhren zurück und Addie hielt die Tür auf, während Nick den Wagen durchbugsierte. Addie drückte auf den Knopf, um den Aufzug zu holen, und mit dem bekannten »Ding-Dong« öffnete sich die Tür. Nick schob den Wagen hinein und die Tür ging hinter ihnen wieder zu.

»Also, was ist hier los?«, wollte Nick wissen.

Addie langte nach unten, öffnete die Tür unten am Servicewagen und sagte ernst: »Raus!«

Nicks Kinnlade klappte nach unten und seine Augen wurden groß und größer, als er sah, wie Rico seine Beine auseinander faltete und aus dem Wagen stieg.

Kapitel 11

»Wo sind sie hingegangen?«

»Du!«, zischte Nick wütend und einen Moment lang dachte Addie, er würde zuschlagen. Auch Rico hatte diesen Gedanken, denn er trat einen Schritt nach hinten und hob die geballte Faust.

»Ich dachte, du wärst – wärst –.« Nick fehlten die Worte, so zornig war er.

»Wir hatten gedacht, du wärst ein ehrlicher Junge«, sagte Addie.

»Es gibt keine ehrlichen Jungs, wo ich herkomme«, spuckte Rico ihnen entgegen und starrte sie herausfordernd an. »Lasst mich jetzt hier raus oder es wird euch noch Leid tun!«

»Ich kann nicht glauben, dass du uns bestohlen hast«, entrüstete sich Nick.

Rico sah ihn spöttisch an. »Warum nicht? Was habe ich euch denn Lebenswichtiges weggenommen?«

»Meine Haarbürste!«, rief Nick.

»Wie viele hast du denn noch zu Hause?«, schoss Rico zurück und Nick antwortete nicht. »Wir haben *gar keine!* Und wie viel Geld habe ich in deinem Portmonee drin gelassen?«, fragte er Addie. »Und in der Brieftasche?«

Addie sah den Jungen lange mit ernstem Blick an, ehe sie antwortete: »Ich weiß, dass wir viel mehr

Geld haben als du Rico, aber das ist nicht der Punkt. Es gibt ehrliche Wege, um die Dinge zu bekommen, die du brauchst.«

»Nee, nicht für mich«, brummte er und schüttelte den Kopf.

Der Aufzug hielt im Erdgeschoss und die Tür begann aufzugleiten, aber Addie drückte an der Schalttafel schnell auf »17. Etage«. Die Tür glitt vor dem verblüfften Gesicht eines Hotelpagen wieder zu.

»He, was machst du?«, wollte Nick wissen.

»Wir müssen noch ein bisschen reden.« Zu Rico gewandt sagte sie: »Es *gibt* Wege. Wenn es nicht anders gegangen wäre, hätte ich dir das Geld gegeben.«

»Ja genau, habt Mitleid mit dem armen Straßenjungen!«

»Du nimmst doch auch Geld von den anderen Leuten, die in dieses Hotel kommen«, protestierte Nick.

»Ich arbeite für das Geld«, erklärte Rico.

Nick zog eine Augenbraue hoch und sah den Jungen misstrauisch an. »So, wie denn?«

Ricos Ausdruck veränderte sich und er grinste die beiden Kinder an. »Hey, Fremder!«, rief er und streckte seine Hand aus, die offene Handfläche nach oben. »Seit wann sind Sie hier? Meine Brüder und ich, wir haben eine neue Show. Schon mal von den Jackson Five gehört? Naja … und wir sind die Marzetti Five. Wir werden's schaffen, Mann! Warten Sie nur, bis Sie uns in unserer Glanzzeit sehen. Wir brauchen nur noch ein bisschen Kleingeld, das uns auf den Weg bringt. Sie können dann sagen, dass Sie uns kannten, als wir noch auf dem Weg waren! Danke, danke, Fremder! Ich werde Sie in meinen Memoiren erwähnen!«

Die Vorstellung war so plötzlich zu Ende, wie sie angefangen hatte, und der düstere Ausdruck kehrte wieder in seine dunklen Augen zurück. »Die reichen Weißen fühlen sich dann total gut, wenn sie einer armen Straßenratte wie mir ihr Kleingeld schenken.«

Der Aufzug hielt im 17. Stock und Carmens hübsches Gesicht tauchte auf, als die Tür sich öffnete. Diesmal war es Nick, der an der Schalttafel schnell auf »Erdgeschoss« drückte. Carmens Augen weiteten sich vor Verblüffung, als die Aufzugtür wieder geschlossen wurde und der Aufzug nach unten fuhr.

»Du musst uns zugehört haben, als wir uns in Miss T.'s Zimmer unterhalten haben«, sagte Nick. »Würdest du wirklich zusehen, wie Carmen ihren Job verliert, anstatt zu beichten, was du getan hast?«

Ricos Unterlippe begann zu zittern und er schluckte hart. »'Türlich nicht!«, protestierte er. »Aber diese alte Dame hat doch gesagt, dass sie nichts anzeigt, wenn nichts mehr wegkommt, also hatte ich beschlossen, nichts mehr mitzunehmen.«

»Das ist ja absolut riesig von dir«, brummte Nick und Addie schaute ihn ernst an.

»Soviel wir wissen, könnte Carmen jetzt schon in Schwierigkeiten sein«, sagte sie. »Marcia wollte sich nämlich um die Sache kümmern. Ich denke, du solltest ihr die Wahrheit sagen.«

»Kommt überhaupt nicht in die Tüte!«, rief Rico abwehrend. »Sie schmeißt mich achtkantig raus, und zwar für immer.«

»Ich glaube, da irrst du dich«, meinte Addie. »Marcia mag dich. Ich bin sicher, sie wird dir lieber helfen, wenn du versprichst, nichts mehr aus den Zimmern wegzunehmen.«

Aber Rico hörte gar nicht mehr zu. »Und verpfeift mich nicht«, zischte er, »sonst werde ich ...«

»Was wirst du?«, fragte Nick in gelangweiltem Ton.

Rico schlängelte sich zur Tür, und als die Tür sich im Erdgeschoss zu öffnen begann, quetschte er sich durch einen Spalt ins Freie. Draußen wartete Marcia auf sie.

»Rico?« Sie war überrascht. »Was geht hier eigentlich vor? Die Zimmermädchen berichten mir, Addie und Nick fahren mit dem Service-Aufzug dauernd rauf und runter, aber dass du dabei bist, wusste ich nicht.«

Sie verstummte, als sie die Angst in den Augen des Jungen sah, und schaute zu Addie und Nick, von denen sie eine Erklärung erwartete. Die beiden sagten gar nichts, aber Marcia bemerkte das offene Türchen am Servierwagen und in der Öffnung Ricos Baseballkappe. Plötzlich dämmerte es ihr.

»Ach, Rico«, sagte sie traurig. Rico riss sich von ihr los und stürmte zur Tür. Niemand versuchte ihn aufzuhalten und Marcia wendete sich nun wieder Addie und Nick zu. In ihren Augen standen Tränen.

»Ich glaube, wir müssen uns unterhalten«, war alles, was sie sagte.

Marcia stieg in den Aufzug und sie alle fuhren hinauf zum 17. Stock. Niemand sagte etwas.

Miss T. wartete schon auf sie. Sie war überrascht, Marcia zu sehen. »Das hat aber lange gedauert«, sagte sie zu den Kindern. »Gab es Probleme?«

»Wir haben den Dieb gefunden«, informierte Addie die alte Dame.

»Wer?«

»Rico«, sagte Nick.

Zunächst sagte ihr der Name nichts, aber dann erinnerte sich Miss T. »Ihr meint den Jungen, den ihr kennen gelernt habt, als wir hier ankamen? Den vom Parkplatz? Wie habt ihr das herausgefunden?«

Addie schilderte, wie sie ihn im Servierwagen entdeckt hatte, als sie morgens beim Frühstück nach einer zusätzlichen Tasse gesucht hatte.

»Warum hast du nicht sofort etwas gesagt?«, wollte Miss T. von Addie wissen.

Addie hob die Schultern. »Wenn Sie gewusst hätten, dass er da drin saß, hätten Sie ihn abliefern müssen. Ich wollte ihm die Chance geben, von sich aus das Richtige zu tun.«

Endlich sagte Marcia etwas: »Ich habe Rico immer vertraut. Offensichtlich habe ich mich geirrt.«

»Vielleicht doch nicht.« Miss T. war überraschend verständnisvoll. »Gab es denn noch weitere Beschwerden, seit er hier ist?«

»Oh nein, über Rico hat sich nie jemand beschwert. Unsere Kunden mögen ihn. Es gab ein oder zwei Fälle, in denen etwas verschwunden war, so ähnlich wie bei Ihnen. Aber die Kunden verzichteten dann darauf, weiter nachzuforschen. Es schien ihnen nicht der Mühe wert.«

Winston und Amy kamen aus Miss T.'s Zimmer hinzu und Miss T. erzählte gleich die Neuigkeiten.

»Ihr meint den Straßenjungen mit den riesigen Augen und der lockeren Zunge?«, fragte Winston. Marcia nickte. »Nun ja, er hat mir den ein oder anderen Dollar abgeschwatzt, aber ich hätte nie gedacht, dass er sich auf Diebstahl verlegen könnte.« Sie seufzte. »Ricos Mutter ist allein stehend und es sind fünf hungrige Mäuler in der Familie zu füttern. Ich bin sicher, dass Rico alles tun kann, was nötig ist, um Essen auf den Tisch zu bringen.«

»Oder eine Haarbürste ins Badezimmer«, meinte Nick leise.

»Wie bitte?«, fragte Winston, aber Nick schüttelte den Kopf.

»Ich habe Rico gesagt, dass wir alles in Ordnung bringen könnten, wenn er verspricht, niemals wieder zu stehlen«, sagte Addie zu Marcia.

Marcia schüttelte langsam den Kopf. »Ich glaube nicht, Addie.«

»Aber Sie hatten doch vorher nie Probleme mit dem Jungen«, wandte Miss T. ein. »Und ich wollte auch keine Anzeige gegen ihn erstatten.«

»Wie war das noch, dass man einen Dieb für seine Taten bezahlen lassen müsste?«, fragte Nick seine Freundin.

»Oh, ich habe nicht gesagt, dass er nicht bezahlen würde«, rief Miss T. »Ich habe vor, ihn arbeiten zu lassen für die Dinge, die er bis jetzt an sich genommen hat. Aber trotz allem ist er ein Kind, das nach den einzigen Regeln lebt, die es kennt – die Regeln, nach denen man in den Straßen von Chicago überlebt. Es wäre nicht fair, ihn hart zu verurteilen, ehe er weiß, dass es auch andere Regeln gibt.«

»Bitte, Marcia, geben Sie ihm noch eine Chance«, bat Addie. Die junge Frau schüttelte den Kopf, doch Addie wollte sie unbedingt umstimmen: »Sie haben selbst gesagt, dass die Kunden ihn mögen und *Sie* mögen ihn auch. Nur noch eine Chance. Stellen Sie ihn auf die Probe. Er muss sich eben strikt vom Servicebereich fern halten, und wenn es noch eine einzige Beschwerde gibt, dann muss er gehen.«

»Addie, Addie«, sagte Marcia und griff nach ihrer Hand, um ihre verzweifelte Verteidigungsrede zu unterbrechen. »Ich würde Rico liebend gern noch eine Chance geben. Alles, was gesagt wurde, sehe ich ganz genauso. Aber ich *kenne* Rico. Er ist sehr stolz. Er verachtet alles, was nach Mitleid aussieht.« Marcia seufzte. »Er wird nicht zurückkommen.«

Mit einem Mal wusste Addie, dass Marcia Recht hatte, und sie schluckte. Keiner sagte ein Wort und Marcia stand auf, um zu gehen. Sie unterhielt sich an der Tür noch leise mit Miss T. und dann war sie weg.

Miss T. kam zurück und nahm Addie in den Arm. Sie drückte sie. »Wir haben uns schon darüber unterhalten, mein Fräulein«, sagte die alte Dame. Es ist sehr schwierig jemandem zu helfen, der sich nicht helfen lassen will.«

»Ich weiß«, sagte Addie.

»Nun, dann lassen wir das jetzt hinter uns«, bestimmte Miss T. »Ihr habt noch zwei ganze Tage in Chicago. Was sollen wir heute unternehmen?«

»Eigentlich«, unterbrach Winston sie, »wollte ich euch gerne auf eine private Tour mitnehmen.«

Addie und Nick sahen gleich wieder etwas fröhlicher aus, aber Miss T. entschuldigte sich.

»Macht es dir etwas aus, wenn ich nicht mitkomme, Winston?«, fragte sie. »Ich wollte eigentlich Sam bitten, die Führung heute zu übernehmen, weil ich mich gerne etwas ausruhen möchte. Aber ich bin sicher, keiner ist traurig, wenn du die Führung übernimmst.«

»Wir fänden es toll«, sagte Addie. Nick und Sam stimmten zu.

»Sehr schön«, meinte Winston. »Nein, es macht mir nichts aus, wenn du dich ausruhst. Mich hätten eure Abenteuer gestern sicher zu einem Nervenbündel gemacht. Also, entspanne dich schön«, sagte er zu Miss T., »und ihr solltet euch warm anziehen«, wandte er sich an die Kinder.

»Wohin gehen wir denn?«, wollte Addie wissen.

»Ihr könnt nicht Chicago besuchen, ohne die »Prachtmeile« entlanggelaufen zu sein.«

»Wo ist das denn?«

»Ihr steht schon darauf«, lachte er. »An der Michigan Avenue stehen einige der schönsten und berühmtesten Bauwerke der Welt.«

»Werden die Leute Sie nicht genauso verfolgen wie gestern Miss T.?« Addie zögerte etwas bei dem Gedanken, schon wieder mit einer prominenten Persönlichkeit durch Chicago zu laufen.

»Oh nein«, Winston musste lachen. »An mein Gesicht sind die Leute schon eher gewöhnt. Ich komme häufig nach Chicago. Und außerdem war ich nicht für 45 Jahre verschwunden.«

»Das hilft wahrscheinlich enorm«, bemerkte Miss T. trocken.

Addie, Nick und Sam hüllten sich in dicke Mäntel, Schals, Mützen und Handschuhe und bald darauf brachen die vier auf. Ihr Hotel lag am nördlichen Ende der Michigan Avenue und so gingen sie in südlicher Richtung die Straße hinunter. Winston gab kurze und interessante Informationen zu den bedeutenden Gebäuden, an denen sie vorüberkamen.

Addie fand den *Water Tower* am interessantesten. Der Turm war eines der wenigen Gebäude, die beim großen Feuer im Jahre 1871 nicht zerstört wurden, und die gotische Bauweise stach eigentümlich hervor zwischen all den modernen Wolkenkratzern, wie zum Beispiel dem John Hancock-Gebäude.

Nick gefiel der *Tribune Tower* am besten. Er war sehr beeindruckt von der Tatsache, dass viele der kleinen Steine, die für das Fundament verarbeitet wurden, von weltberühmten Bauwerken wie der Westminster Abbey und dem *Taj Mahal* stammten.

Winston hatte sehr viel Freude daran, den Kindern all das Wissenswerte zu erzählen, und sie konnten auch völlig unbehelligt durch die Straßen gehen. Obwohl die Menschen den eleganten alten Gentleman erkannten, waren die Autogrammwünsche selten und niemand verfolgte sie. Sie gelangten bis zum Wrigley-Gebäude, bevor sie überhaupt einmal ans Mittagessen gedacht hatten.

»Meine Güte, es ist ja schon nach ein Uhr«, rief Winston plötzlich, »kein Wunder, dass ich so hungrig bin. Warum gehen wir nicht zurück zum *Water Tower* und essen dort eine Kleinigkeit?«

»Ist dort das Einkaufszentrum?«, fragte Addie.

Winston nickte. »Vielleicht könnt ihr euch dort auch noch nach Andenken umsehen, ehe wir wieder ins Hotel zurückkehren.«

Ein schneller Marsch brachte sie zügig zum gewünschten Ziel und bald waren ihre hungrigen Mägen mit Hamburgern und Pommes frites gefüllt. Das Einkaufszentrum erstreckte sich über sieben Etagen und sie verbrachten einen guten Teil des Nachmittages damit, in zahllosen kleinen Läden und Boutiquen zu stöbern, die alle um ein großes Atrium herum errichtet waren. Nick erstand verschiedene Andenken – zumeist Fanartikel der *Chicago Bulls* – und zusammen mit Addie hatte er noch eine Ansichtskarte besorgt, die sie beide an Brian schicken wollten.

Addie kaufte eine kleine Miniaturausführung des *Water Towers* und sie überlegte immer noch hin und her, ob sie bei *Marshall Field & Company* für ihre Mutter ein Paar sehr teure Ohrringe kaufen sollte. Um fünf Uhr beschlossen die beiden, mit dem Einkaufen jetzt aufzuhören.

»Kauf nur noch die Ohrringe, Addie«, sagte Nick schließlich. »Wenn du sie nicht kaufst, hören wir das ganze restliche Wochenende von dir nur Klagen darüber, dass du sie doch hättest kaufen sollen.«

»Okay«, stimmte Addie zu, »wenn du mitkommst.«

Winston setzte sich auf eine Bank. »Sam und ich werden hier auf euch warten. Verlauft euch nicht.«

»Wir kommen schon zurecht«, versicherte Addie ihm und die beiden Kinder liefen in den Geschäftsbereich zurück. Aber der Juwelierladen war nicht da, wo Addie ihn vermutet hatte und sie brauchten 15 Minuten, bis sie endlich das gewünschte Geschäft gefunden hatten. Dort angekommen, benötigten sie noch einmal 10 Minuten, um das Paar Ohrringe wiederzufinden, das Addie vorher entdeckt hatte. Als der Kauf endlich getätigt war, zeigte die Uhr schon fast halb sechs.

»Nun komm schon, Addie!«, drängte Nick, als sie stehen blieb, um sich eine Kette anzusehen, die genau zu den gerade gekauften Ohrringen passte. »Wir sind ohnehin schon spät dran.« Sie verließen schnell den Einkaufsbereich, liefen hastig die Treppen hinunter und traten aus dem Ladengewirr heraus.

Nick blieb wie angewurzelt stehe. »Wo sind sie geblieben?«

Addie sah sich verwirrt um. Winston und Sam waren nirgendwo zu entdecken.

Kapitel 12

Water Tower Place

In Addie stieg für einen kurzen Moment ein Gefühl der Panik auf und ein großer Klumpen saß plötzlich in ihrem Hals. Aber sie schluckte den Kloß hinunter und zwang sich zum Nachdenken.

»Wir sind auf der falschen Seite des Atriums wieder rausgegangen«, sagte sie zu Nick. Mit dem Finger deutete sie auf den großen gläsernen Aufzug in der Mitte des Atriums. »Wir sind jetzt in der Mitte des Einkaufszentrums. Winston und Sam warten am Ausgang zur Straße.«

Nick schüttelte entschieden den Kopf. »Sie hatten sich auf diese Bank da gesetzt.« Er deutete auf die Bank neben dem Aufzug.

»Nein«, widersprach Addie. »Winston und ich hatten uns dort hingesetzt und auf Sam und dich gewartet, als ihr eure Bulls-Mützen gekauft habt. Jetzt warten die beiden auf der anderen Seite. Wir müssen noch einmal zurückgehen und den Ausgang zur Straße finden.«

»Bist du sicher?«, fragte Nick zweifelnd.

Addie nickte zuversichtlich und so folgte Nick ihr durch das Meer von Läden und Hallen bis zur anderen Seite. Aber Winston und Sam saßen auch dort nicht.

Besorgt zog Addie die Stirn in Falten. »Ich weiß

ganz genau, dass sie sich hier hingesetzt haben«, rief sie.

»Wehe, wenn du sagst, ich wusste es«, warnte sie Nick. Sie sah, dass er sich kaum zurückhalten konnte.

Er zog die Schultern hoch. »Also, wo sind sie?«

Addie sah auf die Uhr. »Wir sind jetzt seit 45 Minuten weg. Ich denke, sie suchen uns. Sie glauben wahrscheinlich, wir hätten uns verlaufen.«

Nick schniefte geräuschvoll. »Sie haben Recht.«

»Das stimmt nicht, wir haben uns nicht verlaufen«, trumpfte Addie auf.

»Ach so? Dann haben sie sich verlaufen, ja?«, gab Nick spöttisch zurück.

»Sie sind nicht da, wo sie sein sollten!«, stellte Addie fest.

»Wie kannst du so sicher sein, dass sie ausgerechnet hier sein sollten?«, schoss Nick zurück.

»Weil wir uns hier getrennt haben!«

»Aber hier sind sie nicht!«

»Okay, okay.« Addia holte tief Luft. »Beruhigen wir uns erst mal und hören auf, uns anzuschreien. Die Leute gucken schon komisch.« Einen Augenblick lang dachte sie angestrengt nach. »Wir müssen irgendwo anfangen. Können wir uns darauf einigen, dass wir uns hier von ihnen getrennt haben?«

Nickt nickte ergeben.

»Als wir nicht gleich zurückgekommen sind, wollten sie uns wahrscheinlich suchen und sind auch ins Kaufhaus in die Schmuckabteilung gegangen. Wir gehen am besten noch einmal dorthin zurück und fragen nach.«

Nick verdrehte die Augen, aber er folgte Addie noch einmal auf dem Weg durch das berühmte Kaufhaus, zum dritten Mal an diesem Tag. Als sie an den Juwelenstand kamen, an dem sie die Ohrringe gekauft hatten, lachte ihnen die Verkäuferin schon entgegen und sprach sie gleich an.

»Eure Freunde haben euch schon gesucht«, sagte sie.

Addie grinste Nick überlegen an und er zog eine Grimasse.

»Aber ich dachte, ihr wärt in diese Richtung gegangen, also habe ich sie dorthin geschickt«, sagte die junge Frau und deutete auf das Atrium in der Mitte des Zentrums.

»Danke«, sagte Addie, »wir finden sie schon.«

Sie liefen schnell durch den Laden und landeten neben dem großen Glasaufzug. Keine Spur von Winston oder Sam.

»Suuuper«, meckerte Nick. »Du nimmst vermutlich an, dass sie wieder dort sind, wo wir angefangen hatten, richtig?«

Addie war entmutigt. »Wahrscheinlich sind sie da«, sagte sie und sie stolperten wieder zurück zum Ausgangspunkt, aber dort war niemand.

»Weißt du was?«, sagte Nick. »Wir laufen wahrscheinlich die ganze Zeit hintereinander her im Kreis. Ich denke, wir sollten uns hier hinsetzen und warten. Irgendwann müssen sie ja auftauchen.«

Um halb sechs saßen sie immer noch da. Schließlich stand Addie auf. »Ich wollte das eigentlich nicht tun«, sagte sie, »aber ich glaube, wir müssen im Hotel anrufen.«

Nick zog ein Gesicht, nickte aber zustimmend. »Holt uns hier raus«, sagte er mit weinerlicher Stimme, »wir haben uns verirrt!«

Addie kicherte. »Irgendwie komme ich mir blöd vor«, stimmte sie Nick zu.

Sie fanden ein Münztelefon, warfen ihr Kleingeld zusammen und ließen sich die Nummer vom Jean-Luc's von der Auskunft geben. Als die Empfangsdame im Hotel am Apparat war, verlangte Addie die Suite von Tierny Bryce.

»Wer spricht dort bitte?«, fragte die Stimme.

»Ich bin's, Addie«, sagte das Mädchen. »Sie weiß, wer ich bin.«

Die Stimme seufzte. »Ist es dieselbe Addie, die vor fünf Minuten angerufen hat, oder die von heute Morgen?

»Wie bitte?«, fragte das Mädchen. »Ich habe überhaupt noch nicht angerufen. Wovon reden Sie denn überhaupt?«

»Was ist los?«, flüsterte Nick. Er klemmte sich neben Addies Ohr, damit er mithören konnte.

»Miss Bryce hat heute schon zahlreiche Anrufe von einer ›Addie‹ erhalten. Wenn du mir nicht mit ein Paar Informationen beweisen kannst, dass du die bist, für die du dich ausgibst, muss ich leider auflegen.«

Nick und Addie sahen sich verblüfft an. »Was denn für Informationen?«, fragte sie.

»Die Zimmernummer von Miss Bryce oder ein –«

»Sie hat keine Zimmernummer«, brummte Nick, »sie hat nicht einmal eine Türklinke.«

Addie kicherte und die Stimme lachte auch. »Seht ihr, genau das wollte ich hören. Moment bitte noch, ich verbinde.«

Es folgte eine kurze Pause und dann klingelte das Telefon in Miss T.'s Suite.

»Danke, Herr«, flüsterte Addie, und Nick sagte: »Amen.«

Aber niemand nahm den Hörer ab und so hörten die Kinder wieder die Stimme von vorher. »Tut mir Leid, aber Miss Bryce ist nicht in ihrem Zimmer.«

»Oder sie hat ihr Hörgerät ausgeschaltet«, flüsterte Nick.

»Können wir eine Nachricht für sie hinterlassen?«

»Natürlich. Was soll ich ihr ausrichten?«

»Ehm ...« Addie holte tief Luft und sprach es endlich aus: »Wir haben uns verirrt.«

»Waaas?« Die Stimme klang sehr beunruhigt.

»Nun, wir haben uns nicht direkt verirrt«, erklärte Addie hastig. »Wir wissen, wo wir sind, aber wir wissen nicht, wo ... die anderen sind.«

Einen Augenblick lang herrschte Stille und Addie war absolut sicher, dass die Person am anderen Ende der Leitung schmunzelte. Dann fragte sie: »Wo seid ihr?«

»Wir sind im *Water Tower Place*«, gab sie zur Antwort.

»In Ordnung«, sagte die Stimme. »Warum geht ihr nicht zu dem großen Glasaufzug im Erdgeschoss und wartet dort, okay? Wir schicken sofort jemanden vorbei, der euch abholt.«

»Na ja«, Addie zögerte. »Ich glaube, Winston und Sam suchen uns immer noch. Haben die beiden denn nicht bei Ihnen angerufen?«

»Nein.« Jetzt klang die Stimme verwirrt.

»Wir sind mit Winston Rinehart und unserem Freund Sam hierher gekommen, aber wir wurden getrennt«, versuchte Addie zu erklären. »Ich möchte hier nicht gern weggehen, ehe sie wieder aufgetaucht sind. Aber ich dachte, sie hätten vielleicht im Hotel angerufen, um zu hören, ob wir uns gemeldet haben – oh, das ist alles furchtbar verwirrend.«

Die Stimme fand das auch. »Ich bin nicht ganz sicher, was wir jetzt tun sollten. Wer hat sich denn hier im Hotel um euch gekümmert?«, fragte sie.

»Marcia Vetter«, sagte Addie.

»Sehr schön. Ich werde Marcia informieren und sie wird zum *Water Tower Place* kommen und euch dort treffen. Dann könnt ihr drei selbst entscheiden, wie ihr weiter vorgehen möchtet.«

»Vielen Dank«. Addie war erleichtert. »Wir werden im ersten Stock am Aufzug warten. Auf Wiederhören.« Sie hängte ein und griff nach ihren Paketen.

»Marcia kommt«, sagte sie, obwohl Nick das ganze Gespräch mitangehört hatte.

»Genau«, erwiderte er mit ziemlichem Abscheu. »Marcia kommt und rettet die kleinen Landpommeranzen, die sich in einem Einkaufszentrum verlaufen haben.«

Addie grinste. »Macht mir nichts aus«, erklärte sie. »Ich bin nur froh, wenn wir wieder im Hotel sind. Ich hoffe, wir können Winston und Sam finden. Ich bin am Verhungern.«

»Okay, dann essen wir etwas«, sagte Nick.

Sie kauften noch einmal Pommes frites und Hamburger in demselben Restaurant wie mittags. Neben dem Fahrstuhl setzten sie sich auf eine Bank und aßen schweigend. Plötzlich verschluckte Addie sich fast an ihrem Brötchen. Sie stieß Nick in die Seite.

»Schau mal«, flüsterte sie, obwohl niemand da war, der zuhören konnte.

Sie deutete nach rechts hinauf zur Balustrade des Stockwerkes über ihnen. Dort lehnte Rico am Geländer und unterhielt sich mit einem gut angezogenen Mann.

»Der macht sein Geld«, murmelte Nick.

Aber die beiden schienen in eine ernsthafte Diskussion verwickelt zu sein und in Ricos Verhalten lag rein gar nichts mehr von dem großspurigen Straßenjungen. Im Gegenteil, er schüttelte mehrfach entschieden den Kopf und sah ernst aus. Schließlich schienen sie zu irgendeiner Art von Abschluss zu kommen, und der Mann griff in sein Jackett und gab Rico mehrere Geldscheine.

Rico steckte das Geld in die Tasche und zog ein schmales Päckchen aus seinem Mantel. Es war in glattes braunes Papier eingewickelt und der Tausch ging schnell über die Bühne. Der Mann versuchte unbeteiligt zu wirken, aber Addie konnte erkennen, dass er sich genau umsah, ehe er sich zum Gehen wandte.

Rico blieb stehen, bis der Mann verschwunden war. Dann zog er die Geldscheine aus der Tasche, zählte sie und schob sie wieder in die Tasche zurück. Er schlenderte zur Rolltreppe und tänzelte schnell die Stufen hinab.

Als er unten angekommen war, drehte er sich zu Nick und Addie um, weil er offensichtlich spürte, dass er beobachtet wurde. Die beiden Kinder erstarrten, als Rico sie entdeckte. Einen Augenblick lang blickten sie sich wie gebannt an. Ricos Gesichtsausdruck wurde düster. Langsam ging er einige Schritte zurück, dann drehte er sich um und rannte aus dem Gebäude. Das federleichte Tänzeln war aus seinen Bewegungen verschwunden.

Anfangs waren Addie und Nick zu verblüfft, um irgendetwas zu sagen. Dann atmete Nick hörbar aus. Er hatte die Luft angehalten und jetzt schaute er Addie an. Das mulmige Gefühl, das sie im Bauch spürte, war auch in seinen Augen zu lesen.

»Marcia hat gesagt, dass er noch andere Jobs hat.«

Addie nickte. »Vielleicht ist es gar nicht das – wonach es aussieht.«

»Mach dir doch nichts vor, Addie«, meinte Nick schroff. »Ein Junge wie Rico ist – »

»Da seid ihr ja«, hörten sie eine bekannte Stimme hinter sich und beide zuckten zusammen.

Marcia stand vor ihnen und lachte sie an. »Was gibt's für Probleme? Wo sind Winston und Sam?«, fragte sie.

Gerade als Addie den Mund öffnen wollte, um alles zu berichten, sah sie Winston und Sam die Rolltreppe heruntereilen, immer zwei Stufen auf einmal. Für den alten Herrn war es schwer, mit Sam Schritt zu halten, er ging langsamer, als er Marcia und die Kinder beim Fahrstuhl stehen sah.

»Dem Himmel sei Dank«, sagte er und versuchte wieder zu Atem zu kommen. »Ich hatte schon Angst, euch wäre etwas zugestoßen.«

»Ich habe versucht, ihn zu überzeugen, dass er sich keine Sorgen machen muss«, grinste Sam. »Ich dachte mir, dass ihr genügend Grips habt, um ein Telefon zu finden – selbst wenn ihr nicht allein aus diesem Einkaufszentrum herausfindet!«

Nick grunzte. »Ich wusste, dass wir uns jetzt solche Sprüche anhören müssen!«, meinte er.

»Vielleicht sollten wir das nächste Mal solche Laufgeschirre mitnehmen, die Mütter ihren kleinen Kindern überziehen«, zog ihn der ältere Junge auf.

Addie boxte Sam sachte. »Ach, hör auf!«, sagte sie und das klang sehr nach Miss T. »Mir macht es nichts aus, wenn du uns ärgerst. Ich möchte nur schnell ins Hotel zurück. Mir tun die Füße weh vom Laufen.«

»Ich habe einen Wagen draußen stehen«, sagte Marcia. »Ich bin jedenfalls sehr froh, dass euch beiden nichts Ernstliches passiert ist«, fügte sie noch hinzu.

Weder Nick noch Addie gaben darauf eine Antwort, und sie betrachtete die beiden aufmerksam. »Es ist doch nichts Schlimmes geschehen, oder?«

Addie schaffte es zu lächeln und den Kopf zu schütteln. »Nein, es ist nichts passiert.«

Sie verließen das Einkaufszentrum und gingen zum Wagen, aber Addie und Nick waren beide merkwürdig schweigsam auf dem Weg zurück ins Hotel.

Kapitel 13

Nur für geladene Gäste

»Es war allein meine Schuld«, wiederholte Winston immer wieder, als sie im Hotel angekommen waren. »Allein meine Schuld. Ich hätte die beiden niemals allein losgehen lassen dürfen.«

Miss T. legte ihm sanft eine Hand auf den Arm, sprach dann aber energisch: »Wirklich, Winston, du bist der Einzige, der sich immer noch aufregt über all das. Es ist nichts geschehen. Den Kindern geht es gut. Hör auf, dir Vorwürfe zu machen!«

Winston nickte und nippte an seinem Kaffee. Sie saßen alle in Miss T.'s Zimmer und aßen ein einfaches Abendessen. Addie und Nick knabberten an ihren Broten und Amy ermutigte sie zum Essen. »Ihr müsst doch hungrig sein nach dieser Aufregung«, meinte sie.

»Wir haben in dem Restaurant, in dem wir zu Mittag gegessen hatten, noch eine Kleinigkeit gegessen.«

Sam langte weit über den Tisch und angelte ein belegtes Brot von Nicks Teller. »Soll das etwa heißen, dass ihr euch mit Hamburgern und Fritten vollgestopft habt, während wir in heller Aufregung das ganze Einkaufszentrum nach euch abgesucht haben?«, rief er zwischen zwei Bissen.

Alle lachten und Nick grinste verlegen. »Gab nichts anderes zu tun«, sagte er.

Winston lächelte die scherzenden Kinder an, dann lehnte er sich zu Miss T. hinüber und flüsterte laut: »Ich werde langsam zu alt für solche Sachen, T.«

»Nein, wirst du nicht«, sagte Miss T. schnell und zwinkerte Addie zu. »Diesmal war ich schneller, Fräulein«, und Addie musste lachen.

Nick trank noch den Rest seiner Limonade aus und räkelte sich auf seinem Stuhl. »Darf ich aufstehen?«, fragte er und seine Stimme klang müde. »Ich würde jetzt gerne auf Entspannungsstation gehen, wenn es euch nicht stört.«

Miss T. lächelte den Jungen freundlich an: »Geh nur, mein Junge. Ihr könnt euch alle zurückziehen, wenn ihr möchtet.«

Addie und Sam folgten Nick ins Wohnzimmer. Addie ließ sich auf das Sofa fallen, Sam öffnete den großen Medienschrank und schaltete den riesigen Bildschirm ein. Nick zog Addie eines der Kissen unter dem Kopf weg und warf es auf den Boden.

»Autsch«, sagte Addie.

»Wenn du schon das Sofa besetzt, dann musst du wenigstens die Kissen teilen«, sagte Nick.

»Genau«, stimmt Sam ihm zu und zog auch eines heraus. Er warf noch einen Blick auf die Erwachsenen nebenan und stellte dann den Bildschirm richtig ein. Er schaltete einen langweiligen Nachrichtensender ein und legte die Fernbedienung auf den Tisch.

»Also«, Sam sah von Addie zu Nick und wieder

zurück. »Jetzt mal die Wahrheit! Was ist heute im Einkaufszentrum passiert?«

Die Kinder sahen sich an und Nick berichtete kurz, was sie beobachtet hatten.

Er schüttelte traurig den Kopf.

»Jungs wie Rico haben nicht die große Wahl«, sagte Sam. »Drogen sind leichtes, schnelles Geld, wenn du nicht erwischt wirst.«

»Wir wissen nicht mit Sicherheit, ob es sich überhaupt um Drogen gehandelt hat.« Addie bestand darauf.

»Nun mal ehrlich, Addie«, sagte jetzt Nick. »Sei realistisch! Ein Päckchen in braunem Papier, ungefähr so groß«, er zeigte mit den Händen, wie groß es ungefähr gewesen war, »und noch dazu einen Haufen Geld wert. Was glaubst du denn, was das gewesen sein könnte?«

»Ich weiß es nicht«, antwortete Addie. Sie blinzelte, um die Tränen zurückzuhalten und schloss die Augen. »Ich möchte nicht darüber nachdenken.«

Sam nahm wieder die Fernbedienung und schaltete auf einen anderen Sender um, der einen langweiligen Film zeigte. Schweigend schauten sie alle bis zur nächsten Werbepause zu. Winston und Miss T. traten ins Zimmer. Winston wollte aufbrechen und Addie stand auf, um sich zu verabschieden.

»Sehen wir uns noch?«, fragte sie.

»Aber ja«, antwortete Winston. »Wir gehen alle zusammen zu der Einweihungsfeier morgen Nachmittag.«

»Möchten Sie morgen früh mit uns zur Kirche gehen?«, lud Amy ihn ein.

»Wir gehen in die Kirche?« Nick war überrascht. »In welche Kirche gehen wir denn? In die große Kathedrale gegenüber vom *Water-Tower*-Einkaufszentrum?«

Amy schüttelte den Kopf. »Nein. Sam möchte mit uns in seine Gemeinde gehen. Dort ist es eher wie bei uns zu Hause.«

»Gut.« Addie war erleichtert. Prächtige Kathedralen waren schön, um sie zu besichtigen, aber es war anstrengend, dort zum Gottesdienst zu gehen. Aufregung und Anstrengung hatte sie fürs Erste genug gehabt. Sie wollte gern in einen Gottesdienst gehen, in dem sie entspannt sein konnte.

Winston schüttelte den Kopf. »Ich fürchte, ich habe andere Verpflichtungen«, meinte er. »Trotzdem vielen Dank für die Einladung.« Er machte sich endgültig auf den Weg und sie wandten sich wieder dem Film zu. Aber er war wirklich sehr langweilig und alle waren müde. Man beschloss, heute früher ins Bett zu gehen, auch wegen des Gottesdienstes am anderen Morgen.

Sams Gemeinde hatte wirklich sehr viel Ähnlichkeit mit ihrer Gemeinde zu Hause und Addie fühlte sich gleich wohl. Das Gebäude war eher klein und der Altarraum hatte etwas sehr Vertrauliches. Der Gottesdienst verlief nur wenig anders, als Addie es von zu Hause gewohnt war. Es gab eine kleine Orgel, die den Gesang begleitete, anstelle der Instrumente zu Hause. Aber Addie hörte den verschiedenen Gemeindemitgliedern gern zu, wie sie um verschiedene Anliegen beteten, und der Text für die Predigt schien direkt zu ihrem Herzen zu sprechen.

»Denn ich kenne ja die Gedanken, die ich über euch denke, spricht der Herr, Gedanken des Friedens und nicht zum Unheil, um euch Zukunft und Hoffnung zu gewähren.« Das war ein Textabschnitt aus Jeremia, und für Addie passte er an diesem Morgen wie angegossen.

Obwohl sie den Abend zuvor sehr müde gewesen war, hatte sie doch noch ziemlich lange wachgelegen. Immer wieder hatte sie die Szene im Einkaufszentrum vor sich gesehen und für Rico gebetet. Jetzt, als sie die Predigt hörte, machte sie sich Gedanken.

Hatte Gott auch für Rico »Zukunft und Hoffnung«? Natürlich hatte er. Gottes Verheißungen galten allen Menschen – jedenfalls allen Menschen, die an ihn glaubten. *Glaubte Rico an Gott?* Addie war sich nicht sicher, aber sie bezweifelte es eher. *Hatte Rico jemals von Jesus gehört?* Es gab keinen Weg, das in Erfahrung zu bringen, und sie seufzte tief. Miss T. sah sie von der Seite an, und Addie zwang sich, konzentriert zuzuhören, nicht jedoch ohne Gott vorher noch einmal zu danken. Sie dankte ihm, dass er doch alles unter Kontrolle hatte.

Nach dem Gottesdienst gab es keinen Menschenauflauf um Miss T., obwohl viele stehen blieben, sie begrüßten und sie in Chicago willkommen hießen. Sie blieben etwa eine halbe Stunde und unterhielten sich angeregt mit den Verwandten von Sam und Amy. Als sie endlich wieder im Hotel angekommen waren, hatten alle großen Hunger.

»Esst bitte nicht zu viel«, warnte Miss T. sie, »nach der Einweihungszeremonie gibt es ein kaltes Büffet, so gegen 14.00 Uhr, schätze ich. Und das Essen wird sicher exzellent sein, hebt euch also noch ein bisschen Appetit auf.«

»Ich dachte, wir würden heute Abend bei einem Bankett essen, zu dem Sie als Gastrednerin geladen sind«, sagte Nick.

Miss T. nickte. »Das werden wir auch, ungefähr um 19.00 Uhr.«

Nick blies die Wangen auf und streckte die Arme rund vor seinen Bauch. »Fette Stadt«, meinte er.

Miss T. schnüffelte. »Das dürfte für euch doch das geringste Problem sein. Nur wir Alten müssen uns um solche Dinge Gedanken machen.«

Infolgedessen naschten die beiden nur an einer riesengroßen Platte voller Käse und Cracker. Dann schickte Miss T. sie los, um sich umzuziehen.

»Wie meinen Sie das, schick anziehen?«, protestierte Nick. »Ich bin schick angezogen!« Er trug eine Stoffhose mit Bügelfalte und einen Wollpullover.

»Anzug und Krawatte, Mr. Brady«, erwiderte Miss T. ernst. Nick seufzte und ging mit Sam in ihr gemeinsames Zimmer.

Addie zog einen schwarzen Rock, eine weiße Bluse und einen roten Blazer an und Miss T. lächelte sie strahlend an, als sie aus ihrer Schlafzimmertür trat. Sie wackelte nur ein bisschen auf den schmalen Absätzen der Schuhe, die ihre Mutter ihr geborgt hatte.

»Sehr hübsch, kleines Fräulein«, lobte die alte Dame. Sie trug ein bodenlanges schwarzes Kleid, das mit einem goldenen Gürtel zusammengehalten wurde. Ihr graues Haar war zu einem Knoten zusammengebunden und mit einer goldenen Spange verziert. Um ihren Hals lag eine einreihige Perlenkette und sie hatte einen Hauch Make up aufgetragen. Addie war beeindruckt.

Genauso ging es Nick. Er pfiff laut, als er sich im Wohnzimmer zu ihnen gesellte. Sam und er trugen beide dunkle Anzüge und Krawatten. Nicks Krawatte saß ein wenig schief und Miss T. zog sie gerade. Auch Amy trug ein langes Kleid aus silbergrauem, schimmernden Stoff.

»Wir sind doch ein ganz schön edel aussehender Haufen, was?«, grinste Sam.

Miss T. nickte. »Ich hoffe nur, dass sich das Ganze auch lohnt«, murmelte sie vor sich hin. Nick hatte sie jedoch gehört und sah sie überrascht an. »Ich mag es genauso wenig wie ihr, mich so zurechtmachen zu müssen«, gab sie lachend zu.

Danach verließen sie alle das Hotel durch den Hauptausgang, zum ersten Mal seit sie hier eingezogen waren. Addie blieb kaum Zeit die Marmorfußböden, riesigen Sitzgruppen und diversen tropischen Pflanzen wahrzunehmen, die in der Eingangshalle zu bewundern waren. Kaum dem Fahrstuhl entstiegen, wurden sie sofort durchs Portal und zur Limousine geleitet. Dort stand eine Menschenmenge, die laut applaudierte, als Miss T. erschien. Sie lächelte und winkte kurz. Dann waren sie schon verschwunden.

Das Kensington Center für darstellende Kunst war nur ein paar Häuserblocks südlich vom Hotel. Dann musste man die Michigan Avenue verlassen und in die Chestnut Street einbiegen. Winston fuhr direkt vor ihnen in einer schwarzen Limousine vor. Auch hier stand eine Menge von Menschen, die zustimmend johlten, als Winston Miss T. den Arm reichte und die beiden gemeinsam das riesige Gebäude betraten.

Kameras surrten und klickten. Dutzende von Reportern drängten sich hinter den Seilen, die den Bürgersteig absperrten. Addie und Nick sowie Amy und Sam folgten dem älteren Paar in das Kunstzentrum.

Sie gelangten in eine sehr gut ausgeleuchtete Halle, auf deren beiden Seiten lange Tische mit allen erdenklichen Köstlichkeiten aufgebaut waren. Nick schnupperte die vielen Gerüche, die ihnen den Mund wässrig machten, und Addie knuffte ihn.

»Beherrsch dich bitte«, zog sie ihn auf, »ich kann schon hören, wie dir das Wasser im Mund zusammenläuft.«

»Ich habe Hunger bis unter die Arme«, zischte Nick zurück.

Amy schloss zu ihnen auf. »Die Feierlichkeiten dauern nicht lange«, tröstete sie ihn leise. »Danach kannst du den ganzen Nachmittag lang essen.«

Natürlich dauerte es länger, als sie alle angenommen hatten. Zunächst hielt der Direktor des Centers eine Rede und dann sprach noch der Vorsitzende der Chicagoer Gilde für darstellende Künstler. Schließlich bekamen Miss T. und Winston Rinehart den Goldenen Schlüssel der Stadt und erhielten eine riesige Schere, mit der sie gemeinsam das breite Band durchtrennten.

»Endlich«, brummelte Nick, »können wir jetzt endlich essen?«

Ein Ober im stilvollen Frack geleitete Miss T. und Winston zum Büffet und die Kinder folgten ihnen. Sie luden ihre Teller voll mit allen möglichen Häppchen und Delikatessen, die reichlich vorhanden waren. Dann gingen sie zurück zu ihrem Tisch am Ende des Saales und Nick fing gleich an zu essen.

Addie aß langsamer, sie beobachtete lieber die Leute rings um sie her. Hunderte von Menschen waren anwesend, alle in feinen Abendroben.

»Sind das all die Leute, die vor der Tür gewartet haben?«, fragte sie Sam.

»Oh nein.« Er schüttelte den Kopf. »Das hier ist Chicagos High Society. Die Leute draußen waren nur Schaulustige. Die Ausstellung ist erst ab morgen für die Öffentlichkeit zugänglich. Dies hier ist ein sehr exklusives Ereignis«, sagte er mit nobel klingender Stimme und spreizte den kleinen Finger ab. Addie lachte.

»Wie sind die Leute hier hereingekommen?«, wollte Nick wissen. »Kann man sich nicht einfach schick ausstaffieren und so hier hereinspazieren?«

»Nicht ohne Einladung«, erwiderte Sam.

»Wir hatten aber auch keine Einladung.« Nick war irritiert.

Addie verdrehte die Augen. »Wir brauchten keine, du Dummie«, sagte sie und deutete mit dem Kopf auf Miss T.

Nick wurde rot und grinste. »Ach ja, stimmt«, gab er zu. Er beugte sich nach vorn und sah Miss T. an. »Können wir noch einen Nachschlag bekommen?«, flüsterte er laut. Alle am Tisch lachten und Miss T. nickte.

»Komm schon«, sagte er und zog Addie am Ellenbogen. »Ich möchte noch ein paar von diesen kleinen Röllchen mit Shrimp-Salat.«

»Ich auch«, meinte Sam. Alle drei gingen zurück zum Büffet und füllten noch einmal ihre Teller.

»Wo hattest du diese leckeren Schokoladentörtchen her, die du eben gegessen hast, Nick?«, wollte Addie wissen.

Nick drehte sich um und zeigte auf einen Tisch an der gegenüberliegenden Wand des Saales. Plötzlich weiteten sich seine Augen und er starrte ungläubig in diese Richtung. Addie folgte seinem Blick. Dann wandte sie sich an Sam:

»Bist du sicher, dass hier nur geladene Gäste sind?«, fragte sie skeptisch.

Sam nickte. »Warum?«

Addie deutete auf einen kleinen Jungen in einem braunen Anzug. Seine Hosenbeine waren eine Idee zu kurz und man konnte verräterische weiße Socken über schmutzigen weißen Turnschuhen blitzen sehen. Sein schwarzes Haar war mit Pomade glatt an seinen Kopf geklebt und sein Schlips passte überhaupt nicht zu seinem Hemd.

Sams Kinnlade sank nach unten. Sie starrten alle in gebanntem Schweigen hinüber und sahen zu, wie Rico einen Teller turmhoch mit Essen belud und dann die kleinen Brote systematisch in den ausgebeulten Taschen seiner abgetragenen Jacke versenkte.

Kapitel 14

Gleichstand

Ein weiterer Ober im Frack erblickte Rico ungefähr im gleichen Augenblick, in dem Nick ihn entdeckte, und er ging geradewegs auf den schmalen Jungen zu.

Nick langte mit einer Hand über den Serviertisch und stieß mit einer schnellen Bewegung mindestens ein halbes Dutzend Gabeln herunter, die mit lautem Getöse auf den Boden fielen. Rico sah auf, entdeckte den Ober und mischte sich wieselflink unter eine Gruppe von Gästen, so dass der Ober Schwierigkeiten hatte, mit ihm Schritt zu halten.

Nick beugte sich vor und hob die Gabeln auf. Sie beobachteten, wie der Mann Rico quer durch den Raum verfolgte, herum um schön angezogene Paare und andere Kellner, die volle Tabletts mit Getränken transportierten. Rico konnte schließlich entkommen, weil eine sehr große Dame den Ober anhielt und darauf bestand, irgendeine Dienstleistung umgehend erledigt zu bekommen. Addie sah zu, wie der Junge durch die Drehtür schlüpfte und dann verschwand.

»Gut«, meinte Sam. »Er hat es geschafft.« Er schüttelte voller Unglauben den Kopf. »Der Junge muss in der ganzen Stadt seine Verbindungen haben.« Er wandte sich an Addie und Nick. »Kommt mit«, sagte er plötzlich.

Sam und die beiden Kinder gingen durch den Saal und durch die Drehtür nach draußen. Sie standen in einem langen, niedrigen Gang mit Türen auf beiden Seiten.

»Was machen wir hier?«, fragte Nick.

Sam grinste verlegen. »Weiß ich auch noch nicht so recht«, gab er zu. »Wir versuchen einfach, Rico zu finden.«

Sie verteilten sich auf dem Gang und versuchten möglichst unauffällig durch die kleinen Glasscheiben zu schauen, die ungefähr in Augenhöhe an jeder Tür angebracht waren.

»Psssst!«, zischte Addie leise. Die vierte Tür rechts war goldrichtig. Rico saß auf einem langen Tisch voller Servietten, Tischtücher und anderer Leinenwäsche. Er ließ seine Beine baumeln und unterhielt sich mit einem Mann, der gerade etwas langes Weißes faltete. Die drei konnten die Unterhaltung zwischen den beiden gerade noch hören.

»Danke, Joey«, sagte Rico gerade. »Das Zeug ist echt Klasse!« Er stopfte sich ein kleines Brot in den Mund und der Mann lachte.

»Schon okay, Rico«, antwortete Joey. »Du sorgst für mich, ich sorge für dich.« Er tätschelte etwas, das auf dem Tisch lag, und Addie sah ein weiteres längliches, braunes Päckchen. »Wie geht's Gina?«, fragte der Mann.

Rico hob die Schultern. »Ma ist müde«, antwortete er. »Ma ist immer müde.«

Joey nickte verständnisvoll. »Deine Ma arbeitet sehr hart, Rico. Du hilfst ihr, hörst du?«

»Klar helfe ich, siehst du doch«, antwortete Rico und deutete auf das Päckchen. Joey lachte. Rico wandte sich zur Tür. »Ich muss jetzt weg, Joey. Die Kleinen warten auf mich. Bis bald mal wieder.«

»Ja, bis bald, Rico.«

Rico sprang vom Tisch und wollte gehen, aber ein anderer Mann hielt ihn an und sie begannen miteinander zu sprechen.

»Bleibt hier«, flüsterte Sam. »Ich bin gleich wieder da.«

»Und was jetzt?«, murmelte Nick, aber sie blieben, wo sie waren, und beobachteten weiterhin Rico, der sich immer noch mit dem Mann unterhielt. Jetzt konnten sie allerdings kein Wort mehr verstehen.

Wie er gesagt hatte, war Sam nach ungefähr zwei Minuten schon wieder zurück. Er zog sich gerade seinen Mantel an. Die Mäntel von Nick und Addie hatte er mitgebracht. »Ich habe Amy erzählt, dass uns langweilig ist und wir etwas spazieren gehen. Ist er schon weg?«

»Nein«, flüsterte Addie. »Was soll das werden, Sam? Was sollen wir tun? Rico will doch nicht einmal mit uns sprechen.«

»Braucht er auch nicht«, flüsterte Sam zurück. »Ich möchte mir nur einige Dinge selbst ansehen.«

Rico hatte seine Unterhaltung mit dem Mann beendet und war hinter einer Ecke verschwunden.

»Los geht's!«, meinte Sam. Er hörte auf zu flüstern

und ging frech durch die Schwingtür. Joey drehte sich um und sah die drei Fremden in der Wäscherei misstrauisch an. »Wer seid ihr?«, wollte er wissen.

»Hi, Joey«, antwortete Sam. »Wir sind Freunde von Rico. Ist er da lang?«

Joey nickte, immer noch misstrauisch, aber er ließ sie durch. Sie gingen hinter Rico her um die Ecke und kamen an eine große Eisentür, auf der AUSGANG stand. Sam öffnete sie langsam. Sie befanden sich in einer kleinen Straße hinter dem Zentrum.

»Seid ihr dabei?«, wollte Sam von Nick und Addie wissen. Sie nickten. »Okay, dann los!«

Sie folgten Rico in sicherer Entfernung und überquerten die Michigan Avenue. Bald hatten sie auch den Fluss überquert und die Straßen wurden schmaler, die Häuser wurden kleiner und älter und die Leute sahen allmählich anders aus. Die gut angezogenen Damen und Herren der Oberschicht in ihren Cashmere-Mänteln und Lederjacken wurden abgelöst von Männern und Frauen der Arbeiterklasse in Nylonmänteln und schweren Stiefeln. Rico schien sie alle zu kennen.

Vor einer kleinen Wäscherei und Reinigung blieb er stehen. Der Laden war in einem heruntergekommenen Haus untergebracht. In Neonbuchstaben stand dort MARZETTI REINIGUNG. Rico ging schnell durch die Eingangstür und dann hinter den Tresen.

Sam und die Kinder blieben draußen vor dem Laden stehen. Sie konnten durch die Scheibe alles ganz genau beobachten, was drinnen geschah. Rico unterhielt sich kurz mit einem Mann, der dort stand, und verschwand dann hinter einer Tür im hinteren Bereich.

»Habt ihr irgendetwas mit, das gereinigt werden muss?«, fragte Nick ironisch, aber Sam beachtete ihn gar nicht. Er deutete hinauf zum ersten Stock des Hauses. Dort konnte man Rico hinter einem der Fenster sehen. Zwei kleinere schwarzhaarige Jungen hüpften wie die Gummibälle vor ihm hoch und runter. Addie konnte beobachten, wie er ihnen Essen gab, das er auf einer Platte mitgebracht hatte. Er foppte sie, hielt die einzelnen Stücke so hoch, dass sie nicht daran reichten und ließ sich dann von ihnen in den Bauch boxen und an den Armen ziehen.

Jetzt war neben Rico noch eine Frau zu sehen. Sie legte einen Arm um seine Schultern und gab ihm einen Kuss aufs Haar. Rico küsste sie auf die Wange und fuhr fort mit der Essensausgabe.

Addie seufzte. »Er wohnt über einer Reinigung.«

Nick hob die Schultern. »Es ist nicht so furchtbar, wie ich es mir vorgestellt hatte.«

Sam stimmte dem zu: »Das hier ist nicht die beste Gegend in der Stadt, aber es ist auch nicht die schlimmste.«

Addie dachte an das große Haus, das sie mit ihren Eltern bewohnte. Das ganze Appartement dort oben würde in ihr Wohn- und Esszimmer passen.

»Wir sollten jetzt wieder zurückgehen. Es wird langsam spät. Ich habe zwar gesagt, dass dies hier nicht die schlechteste Gegend in der Stadt ist, aber ich möchte trotzdem nach Einbruch der Dunkelheit nicht mehr hier sein.«

»Es ist schon fast dunkel«, sagte Addie.

Sam nickte. »Kannst du auf diesen Absätzen wirklich *ganz* schnell gehen?«, fragte er.

Nick beobachtete immer noch die Szene hinter dem Fenster.

Dann merkte er, dass seine Freunde schon weitergegangen waren und beeilte sich sie einzuholen. Er kickte eine Dose an den Rand des Bürgersteiges und hinter einer Schuhmacherei trottete ein alter Hund hervor und begann zu bellen.

Addie drehte sich um. Der Hund lief hinter Nick her und knurrte. Nick sah immer wieder über die Schulter nach hinten und dann schrie er den verwahrlosten Hund an:

»Hau ab! Lass mich in Frieden! Zieh Leine!«

Sam ging einfach weiter, aber er sprach ruhig auf Nick ein. »Bleib ruhig, Nick. Du ärgerst ihn bloß noch. Tu einfach so, als ob er gar nicht da wäre, dann lässt er dich wahrscheinlich in Ruhe.«

Also schaute Nick stur geradeaus und ging schneller. Der Hund lief ihnen weiter nach bis zur nächsten Straßenecke, dann blieb er stehen, hörte schlagartig auf zu bellen und lief zurück.

Sie alle atmeten erleichtert auf, liefen aber mit dem gleichen Tempo weiter. Die Nacht brach jetzt ziemlich schnell herein. Überall um sie her gingen die Straßenlaternen an. Sam führte sie durch ein Gewirr von Straßen auf sicherem Weg zurück. Er schien genau zu wissen, welchen Weg er zu nehmen hatte, und die Kinder stellten auch keine Fragen.

»Wir sind fast da«, meinte Sam, als sie um die Ecke eines hohen Gebäudes kamen.

Vier Teenager kamen ihnen von der anderen Seite her entgegen und sie stießen fast zusammen. Einer von ihnen meinte offenbar, dass Nick ihm zu nahe gekommen war, denn er zischte: »Pass bloß auf!«, und schubste Nick auf die Straße.

»Entschuldigung«, murmelte Nick und kam wieder auf den Bürgersteig.

»Wie war das?«, fragte der Junge barsch. Seine Freunde und er umringten Addie, Sam und Nick.

»Er sagte Entschuldigung«, sagte Sam freundlich. »Kein Problem, oder?«

»Kein Problem für mich«, kicherte der Junge. »Große Probleme für euch!« Seine Freunde lachten mit ihm und Addie bekam eine trockene Kehle. »Du könntest mich allerdings überreden, das Ganze zu vergessen.« Drohend ging er einen Schritt auf Sam zu.

Sam blieb stehen und seine Stimme war ruhig.

»Was braucht ihr?«

Plötzlich drang eine andere Stimme durch die Dunkelheit.

»Bleib cool, Donovan!«

Rico kam die Straße heruntergeschlendert. Er rückte gerade seinen Schlips zurecht. Als er die vier Jungen erreicht hatte, begrüßte er zunächst alle vier mit Handschlag.

»Hey Don, hey Carmen«, sprach er zwei der Jungen mit Namen an.

»Wieso bist'n du so aufgetakelt, Rico?«, wollte Carmen wissen.

»Meine Freunde und ich gehen heute ganz groß essen«, antwortete Rico.

»Du kennst die?« Donovan konnte es kaum glauben.

»Genau, ich bin jetzt bei den Reichen und Schönen angesagt«, grinste der Junge.

»Dann nimm, was du kriegen kannst«, lachte Carmen und die vier trotteten die Straße hinunter und verschwanden in der Dunkelheit.

Rico gesellte sich zu den anderen und bis zur nächsten Straßenecke gingen sie schweigend nebeneinander her. Schließlich brach Nick das Schweigen.

»Wie kommt es, dass du genau in dem Moment da warst, als wir dich brauchten?«, fragte er den Jungen.

»Ich habe Samson bellen gehört, daher wusste ich, dass Fremde in der Nachbarschaft sein mussten«, erklärte Rico. »Als ich euch erkannte, beschloss ich, euch zu folgen. Ich wusste, dass ihr nicht aus dem Viertel rauskommen würdet, ohne Ärger zu bekommen.«

»Danke«, sagte Addie einfach. »Du warst die Antwort auf ein Gebet.«

Sie waren gerade unter einer Straßenlaterne und Rico drehte sich um und sah Addie neugierig ins Gesicht. »Bist du religiös?«

Nick und Sam grinsten beide. Addie wusste nicht

genau, was sie auf diese Frage erwidern sollte. Sie war gelehrt worden, dass »religiös sein« und »ein Christ sein« nicht notwendigerweise dasselbe war. Aber sie war ziemlich sicher, dass Rico die Unterschiede nicht verstehen würde und deshalb sagte sie: »Ein bisschen, ja.«

»Du kannst nicht ein bisschen Christ sein«, erwiderte Rico, und Addie sah ihn überrascht an. »Entweder du bist einer oder du bist keiner.«

»Okay, ich bin einer«, sagte Addie nun.

»Dachte ich mir doch.« Rico nickte. »Granny Zetti sagt, dass du Christen immer erkennen kannst. Sie haben so ein Leuchten. Granny hat ein Leuchten. Und du auch.« Addie war gerührt über das schlichte Kompliment und sie wusste nicht, was sie jetzt sagen sollte. Schließlich fragte sie:

»Wer ist Granny Zetti?«

»Meine Großmutter Marzetti«, erklärte Rico. »Sie betet immer für mich.«

Er zögerte einen Augenblick und dann brach es aus ihm heraus. »Es tut mir wirklich Leid mit deiner Bürste. Aber ich bezweifle, dass du sie jetzt wiederhaben wolltest. Einer von den Zwillingen hat Zahnpasta über die Borsten geschmiert. Und das Geld hab ich ausgegeben, kann ich also auch nicht zurückzahlen, aber – «

»Du hast schon alles zurückgezahlt«, unterbrach Addie ihn.

»Richtig«, stimmte Sam zu. »Donovan und seine Freunde wären zu einem echten Problem für uns geworden, wenn du nicht gekommen wärst.«

»Also herrscht jetzt Gleichstand«, folgerte Nick.

Jetzt waren sie wieder auf der Michigan Avenue und die Weihnachtsdekoration erleuchtete die Nacht. Rico ging noch bis zu der Straße hinter dem Kunstzentrum mit ihnen.

»Komm doch mit rein«, drängte Addie ihn. »Ich weiß, dass Miss T. dich bestimmt gern kennen lernen –«

Aber Rico schüttelte den Kopf. »Nein, nein. Gleichstand. Das reicht.« Er hob zum Abschied die Hand. »Tschüss.«

Dann grub er seine Fäuste tief in seine Taschen und eilte den Weg, den sie gekommen waren, wieder zurück. Bald war seine schmale Silhouette im Schatten verschwunden.

Kapitel 15

Willkommene Überraschung

Sam führte die Kinder wieder durch die Waschküche, den schmalen Gang und dann zurück in den Festsaal. Miss T. saß zusammen mit Amy und Winston und einigen der anderen Würdenträger immer noch an ihrem Tisch. Sie sah sehr erleichtert aus, als sie die Kinder entdeckte. Addie wusste, dass die beiden Frauen sich bestimmt Sorgen gemacht hatten, aber alles, was Miss T. sagte, war: »Na, wie war euer Spaziergang?«

»Informativ«, erwiderte Sam und das war alles, was er sagte.

»Möchtet ihr euch jetzt vielleicht mit uns die Ausstellung anschauen?«, fragte Miss T. »Uns bleibt ungefähr noch eine Stunde, bis das Programm oben weitergeht.«

»Ach nein«, witzelte Nick. »Ich kenne die Sachen doch alle schon.«

Miss T. versuchte ihn strafend anzuschauen, aber Addie konnte sehen, dass sie sich das Lachen verkneifen musste. »Sehr witzig, Mr. Brady. Wie steht's mit dir, kleines Fräulein?«

»Natürlich«, lachte Addie.

Die nächste Stunde besuchten sie also die Ausstellung der Rinehart & Bryce Filmrequisiten. Die Ausstellungsstücke waren immer vor dem Hintergrund des jeweiligen Filmes, zu dem sie gehörten, angeordnet. Als Hintergrund in jeder Nische diente ein wandgroßes Foto der bekanntesten Szene aus dem jeweiligen Film. Davor waren viele der Kostüme an lebensgroßen Puppen von Miss T. und Winston drapiert. Nick machte es einen Mordsspaß, Miss T. wegen der Riesenfotos aufzuziehen.

»Schaut euch das mal an!«, trompete er lachend. »Sie müssen Ihre Augenbrauen besser zupfen, Miss T.« Die junge Tierny Bryce dort schaute Winston Rinehart missmutig an und ihre dunklen Augenbrauen waren beim Stirnrunzeln zusammengezogen.

»Würdest du auch müssen, wenn deine 30 Zentimeter breit wären«, gab Miss T. zurück.

Addie blieb vor einer Puppe stehen, die das Kleid aus dem Film *»Die Dame trug Rot«* anhatte. Es war ein wunderschönes Kostüm. Ehe Miss T. vor ein paar Monaten alle ihre Requisiten verkauft hatte, durfte Addie dieses Kleid einmal anprobieren und ihr Vater hatte ein Foto von ihr gemacht. Niemand sonst hatte dieses Foto zu Gesicht bekommen, aber es war eine von Addies größten Schätzen.

Miss T. wusste genau, woran Addie jetzt dachte, und sie flüsterte ihr ins Ohr: »Du warst in dem Kleid viel hübscher, als ich es jemals war.« Addie lächelte nur.

Langsam gingen sie durch den Raum. Miss T. und Winston tauschten an jedem Abschnitt Erinnerungen aus und eine Reihe von Leuten folgten ihnen und hörte den Anekdoten aus vergangenen

Tagen zu. Schließlich sprach der Direktor des Museums sie an.

»Es tut mir sehr Leid, Sie unterbrechen zu müssen, aber das Programm im oberen Stock soll in etwa zehn Minuten beginnen. Ich werde Sie zum Bankettsaal begleiten, wann immer Sie bereit sind.«

Der Bankettsaal war kleiner als der Saal im Erdgeschoss und auch noch eleganter ausgestattet. Die Zahl der Gäste, die zu diesem Bankett geladen worden waren, war etwa zwei Drittel kleiner als bei der Einweihungsfeier im Erdgeschoss. Addie dachte im Stillen, dass dies wohl der Adel Chicagos sein müsste, wenn vorher schon die High Society anwesend gewesen war.

Man sah einen kurzen Zusammenschnitt mit Szenen aus allen Rinehart und Bryce Filmen, die der Präsident der Gilde der darstellenden Künstler kommentierte. Winston und Miss T. hielten eine kurze Ansprache, tauschten noch mehr Erinnerungen aus und bedankten sich bei den Bürgern Chicagos für alle Unterstützung.

Das Programm war recht kurz und dann begann das eigentliche Bankett. Zunächst wurden winzige Portionen Shrimpsalat als Appetitanreger gereicht, dann eine wunderbar cremige Rahmsuppe, gefolgt von Salat, zusammen mit großen Körben voller Brot und schließlich als Hauptgericht Hummer und Krabben. Zwischen den einzelnen Gängen wurden immer kleine Schälchen mit Fruchteis gereicht, »um den Gaumen zu erfrischen«, sowie Fingerschalen und warme Handtücher, »um die Hände zu reinigen«.

Nick beugte sich zur Seite und flüsterte in Addies Ohr: »Das Fruchteis schmeckt ja klasse, aber wenn ich mir noch ein einziges Mal die Hände waschen muss, werden meine Finger runzlig getrocknete Rosinen sein.«

Zum Nachtisch gab es Schokolade, gefrostet und aufgeschlagen, verziert mit hauchdünnen Schokoladenspänen. Die Portion war nicht besonders groß, aber niemand beschwerte sich, denn alle waren vollkommen satt.

»Rollt mich aus dem Saal«, stöhnte Nick schließlich und Addie stimmte ihm zu. Sie hatte das Gefühl, den ganzen Tag nichts anderes getan zu haben als zu essen.

Es war schon fast 22 Uhr, als der Museumsdirektor den Ehrengästen dankte und allen frohe Weihnachten wünschte. Eine weitere halbe Stunde verging, bis alle den Saal verlassen hatten, während Miss T. und Winston unermüdlich Autogramme gaben.

»Kommt, wir wollen uns schon zum Aufbruch bereitmachen«, schlug Amy vor, »dann fällt es Eunice auch leichter, sich loszureißen.« Die Kinder stimmten zu und Sam machte sich auf den Weg, um die Mäntel zu holen. Aber als Addie ihren Mantel anzog, stellte sie fest, dass ihr Schal fehlte.

»Du hattest ihn aber noch, als wir von unserem Spaziergang zurückgekommen sind.« Nick war sich ganz sicher. »Aber das eine Ende hing dir über die

Schulter. Wahrscheinlich hast du ihn verloren, als wir unten durch die Waschküche gegangen sind.«

»Ich sehe dort mal nach«, sagte Addie. Sie eilte die Stufen zum Festsaal hinunter. Dort war niemand mehr, abgesehen von einigen Angestellten, die immer noch aufräumten. Dann entdeckte sie ihren Schal auf den Stufen vor dem Ausgang zur Straße. Sie hob ihn auf, ging zurück um die Ecke und wäre fast mit Joey zusammengestoßen.

»Huch – du!«, rief er, als er sie erkannte. »Du bist eine Freundin von Rico, stimmt's?«

Addie nickte und er fuhr fort: »Siehst du Rico heute Abend noch?«

Addie nickte wieder. »Wir – «

»Gut«, unterbrach Joey sie. »Wenn du Rico triffst, dann gib ihm das hier.« Er drückte ihr das braune Papierpäckchen in die Hand. »Sag ihm, das kann ich nicht gebrauchen. Kein Spitzensaum! Es muss ein Spitzensaum sein, sonst kann ich's nicht brauchen. Er weiß, wo er mich findet.« Ehe Addie ihn aufhalten konnte, war er schon wieder verschwunden.

»Danke, Kind.« Seine Stimme klang vom Flur her und dann knallte die schwere Eisentür hinter ihm zu.

Entsetzt starrte Addie auf das Päckchen in ihren Händen und sie begann zu zittern. Sie sah sich nach allen Seiten um, ob jemand zu sehen war, aber sie war allein in der Waschküche.

Sie raste in den Gang, durch die Empfangshalle und rannte zwei Stufen auf einmal nehmend die Treppe hinauf zum Bankettsaal. Ihre Absätze klapperten laut auf dem Marmorfußboden, und alle blickten ihr hinterher, wie sie durch den Saal jagte.

»Addie, meine Güte, was ist los?« Miss T. fing das Mädchen ab und fasste es an den Schultern. »Komm erst einmal zu Atem, Liebes. Du siehst ja zu Tode erschrocken aus!«

»Das hier hat mir Joey gegeben«, keuchte sie und streckte das Päckchen hin. Nick prallte zurück, als ob es eine Schlange wäre. »Kein Spitzenbesatz«, sagte er. »Kann er nicht brauchen!« Sie zitterte und ihre Stimme überschlug sich.

Sam erzählte in wenigen Sätzen von dem Treffen zwischen Rico und dem Mann im Einkaufszentrum am vergangenen Tag und von dem Gespräch zwischen Joey und Rico, das sie erst heute mitangehört hatten.

»Ihr denkt also, dass in diesem Päckchen irgendeine Art von Rauschgift ist«, fasste Miss T. knapp zusammen.

»Ich – ich weiß nicht, was es ist«, stammelte Addie. »Es ist – es ist – « Sie schüttelte das Päckchen in ihrer Hand. »Es ist wirklich leicht«, sagte sie verblüfft.

Sam nahm ihr das Päckchen aus der Hand und befühlte es. »Weich ist es auch«, bemerkte er. »Ich weiß zwar nicht, was hier drin ist, aber bestimmt keine Drogen.«

»Nun, es gibt nur einen Weg, wie wir das herausfinden können«, meinte Miss T. Sie griff nach dem Päckchen und steckte einen Finger unter ein loses Stück Papier, das mit Klebeband befestigt worden war. Das Papier ließ sich verschieben und das Päckchen war offen.

Mit einem erleichterten Lächeln zog sie aus dem braunen Papier einen dunkelblauen, handbestickten Seidenschal.

Die Erleichterung war für Addie so groß, dass ihr fast schwindelig wurde. Nick holte ächzend Luft und brach dann in schallendes Gelächter aus.

»Dieses kleine Luder«, grinste Sam und fuhr mit dem Finger über das glänzende, weiche Material. »Würde mich interessieren, wo er das geklaut hat.«

»Ich glaube, du verurteilst Rico ein bisschen zu schnell«, sagte Miss T. Sie drehte den Schal um und zeigte ihnen ein kleines Schild, das am Saum des Schals festgenäht war. Der Name »Marzetti« war dort eingestickt. »Das hier ist Handarbeit. Wahrscheinlich von seiner Mutter.«

»Sie handarbeitet wahrscheinlich in ihrer freien Zeit und Rico verkauft die Sachen dann an Geschäftsleute, die er trifft, wenn er sich an Orten wie dem Jean-Luc's aufhält«, sagte Addie.

»Wieso sollte ein Geschäftsmann einen Seidenschal kaufen wollen?«, fragte Nick.

»Als Geschenk für seine Frau«, meinte Miss T.

»Ich würde mich nicht im Geringsten wundern, wenn sie auch noch andere Arten von Seidenarbeiten anfertigt«, überlegte Winston. »Sie kann das ausgezeichnet. Es gibt eine Reihe von Geschäften in der Stadt, die sie sehr gut bezahlen würden für eine Reihe von Schals wie diesen hier.«

»Ich bin richtig traurig, dass wir Rico nicht mehr

wiedersehen werden«, sagte Miss T., »ich würde gerne so einen Schal von ihm kaufen.«

Addie, Nick und Sam tauschten schuldbewusste Blicke. »Wir könnten ihn wahrscheinlich ausfindig machen«, sagte Sam und erzählte den Erwachsenen die wahre Geschichte über ihren Spaziergang an diesem Abend.

Amy war ziemlich aufgebracht und ärgerlich auf ihren Neffen. »Das war nicht besonders schlau und umsichtig, so etwas zu unternehmen!«, schalt sie ihn.

»Das dachte ich mir auch, als diese Punks uns angehalten haben«, gab er zu. »Ich mache so etwas auch bestimmt nicht wieder.«

»Gut.« Miss T. nickte zustimmend. »Aber da du es nun dieses eine Mal doch getan hast, sollten wir eure Erfahrung zu unserem Nutzen einsetzen. Könntet ihr Ricos Haus wiederfinden?«

Sam nickte.

»Nun, dann wollen wir den Marzettis doch einen Besuch abstatten«, sagte Miss T. abschließend.

Sie fuhren mit der Limousine wieder zurück zum Hotel, aber statt dort in ihre Suite zu gehen, traten sie aus der Hintertür und gelangten zu Sams kleinem VW-Golf. Dadurch dass Winston auch noch mitfuhr, mussten sie sich ziemlich eng zusammenquetschen, aber es klappte, und nach ein paar Minuten kam Sams Wagen vor der Marzetti-Reinigung an.

Der Laden war jetzt dunkel und abgeschlossen, also warf Sam einen Kieselstein gegen ein Fenster im zweiten Stock. Fast sofort tauchte Ricos Gesicht auf.

»Wir sind's, Rico!«, rief Nick.

Rico öffnete das Fenster. »Spinnt ihr?«, fragte er barsch. »Was soll das denn?«

»Können wir raufkommen?«, fragte Addie.

Jetzt tauchte Mrs. Marzetti hinter Rico auf. Die beiden unterhielten sich kurz und dann rief Rico hinunter: »Ich komme gleich runter.«

Bald darauf wurde die Ladentür einen Spalt breit geöffnet und Ricos verängstigtes Gesicht kam zum Vorschein. »Ma weiß überhaupt nichts – von gar nichts«, stammelte er langsam, und Miss T. beeilte sich, seine Angst zu zerstreuen.

»Wir sind nicht hier, um dich in Schwierigkeiten zu bringen, Rico«, sagte sie freundlich. »Ich möchte mit deiner Mutter über ihre Seidenschals sprechen.« Sie zeigte ihm das braune Papierpäckchen und Rico entfuhr ein überraschtes »Huch!«.

»Wo haben Sie das denn her?«, fragte er misstrauisch.

»Wir haben Joey kennen gelernt«, erklärte Addie. »Er bat uns, dir das hier zurückzugeben. Er kann es nicht gebrauchen ohne Spitzenbesatz.«

Rico prustete entrüstet. »Joey ist auch niemals zufrieden«, brummelte er. Er streckte die Hand aus und nahm das Päckchen von Miss T.

Nick begann jetzt mit den Füßen zu stampfen und die Hände gegeneinander zu schlagen, weil ihm kalt wurde. »Also, was ist? Können wir jetzt reinkommen oder nicht? Ich erfriere hier langsam.«

Rico schwang die Tür weit auf. »'ntschuldigung, Fremder«, grinste er. »Kommt rein!«

Sie drängten sich alle in die kleine Reinigung, und Rico ließ ungläubig seinen Blick über diese elegant angezogene Gesellschaft gleiten. Er schüttelte den Kopf. »Ma wird das nie im Leben glauben.«

Epilog

Eine Zukunft und eine Hoffnung

Mittlerweile war es nach dreiundzwanzig Uhr und Ricos kleiner Bruder Mario war auf Addies Schoß eingeschlafen. Paolo, einer der Zwillinge, kämpfte tapfer gegen seine Müdigkeit an, aber er war erst fünf Jahre alt und bald musste er die Waffen strecken und schlief auf dem Fußboden ein. Der andere Zwilling, Vinnie, lag immer noch in erbittertem Streit mit Dominic, dem Siebenjährigen. Sie kämpften um ein Matchboxauto.

Rico trat ins Zimmer und trennte die beiden. Er löste das Problem, indem er sie an die entgegengesetzten Enden eines abgewetzten Sofas setzte.

»Ihr bleibt jetzt da sitzen!«, befahl er. Er schob das Auto in seine Hosentasche, und die zwei Jungen schauten ihn zwar bitterböse an, taten aber, was er verlangte.

Erwartungsvoll blickte Rico zur Küche hinüber, wo seine Mutter zusammen mit Miss T. und Winston Rinehart saß. Der wackelige Küchentisch war mit den farbigen Seidenhandarbeiten von Gina Marzetti vollgepackt. Da lagen Seidenkrawatten, Taschentücher, bestickte Tücher und Westen für Damen.

»Trotzdem gefällt mir das immer noch nicht«, murmelte er und wandte sich an Sam. »Warum müssen wir Mas Arbeiten an irgendein Geschäft verkaufen?«, wollte er wissen. »Was werden die denn überhaupt dafür bezahlen? Wenn ich die Sachen verkaufe, dann gehört uns das *ganze* Geld«, sagte er.

»Du bekommst vielleicht für das einzelne Stück nicht ganz so viel, aber dadurch dass du mehr verkaufst, ist es auf lange Sicht doch mehr Geld.« Rico war immer noch nicht überzeugt und er beobachtete die Szene in der Küche immer noch mit sorgenvollem Gesicht.

Addie nahm Mario vom rechten in den linken Arm und Vinnie stolperte und kippte auf die Couch. Er war bald fest eingeschlafen. Rico hob ihn auf und trug ihn in ein anderes Zimmer. Als er wiederkam, gab er Dominic das Matchboxauto. Dominic strahlte zufrieden, rollte sich zusammen und schlief auf der Couch ein.

Aus der Küche hörte man das Quietschen von Stuhlbeinen, die auf Linoleumboden geschoben wurden. Die Erwachsenen standen alle auf. Winston kam zur Wohnzimmertür und Mrs. Marzetti stand neben ihm.

»Mr. Rinehart geht morgen mit mir zu einem seiner Freunde, der ein Geschäft auf der Michigan Avenue hat«, erzählte sie Rico. »Er denkt, dass ich meine Arbeiten zu einem guten Preis verkaufen kann. Vielleicht kann ich auch einen festen Vertrag bekommen, so dass ich regelmäßig Ware verkaufen kann.«

»Ich habe doch immer deine Handarbeiten verkauft, Ma«, sagte Rico leise.

»Und du wirst noch mehr tun müssen, um zu helfen«, erklärte Winston dem Jungen.

»Was denn?«, wollte Rico wissen.

»Nun, all eure Stammkunden müssen doch Bescheid bekommen, wo sie die Arbeiten von deiner Mutter jetzt kaufen können«, beschrieb Winston die Einzelheiten. »Außerdem musst du den Geschäftsleuten, die du kennen lernst, auch weiterhin vom Talent deiner Mutter erzählen. Mund-zu-Mund-Propaganda ist die beste Werbung, die es gibt. Und ich habe noch nie erlebt, dass du um Worte verlegen gewesen wärst!«

Mrs. Marzetti lachte und Rico grinste verlegen. Sie zog ihren Sohn dicht an sich. »Du hast *wirkliche* Freunde, Rico«, murmelte sie.

»Sie haben das Leuchten, wie Granny Zetti«, stimmte er zu.

Während die Erwachsenen ihr Gespräch noch zu Ende brachten, legte Addie Klein-Mario neben Dominic auf die Couch. »Können wir heute Abend noch etwas kaufen?«, fragte sie.

Ricos Gesicht erhellte sich zusehend. »Was darf es denn sein?«, fragte er in seiner schönsten Verkäuferstimme.

Addie suchte für ihren Vater eine Seidenkrawatte aus. Sie legte mit Nick Geld zusammen und sie kauften für Amy und Miss T. je einen Schal, der dem ähnelte, den Miss T. vorher so bewundert hatte. Als sie mit ihrem Einkauf fertig waren, besaß Rico jeden Penny, den sie gehabt hatten, aber sie bereuten es beide nicht.

Es war schon nach Mitternacht, als sie sich von ihren neuen Freunden verabschiedeten. Auf der Fahrt nach Hause waren alle schweigsam. Sam kurvte problemlos durch die Straßen Chicagos. Bald waren sie wieder am Jean-Luc's angekommen und Marcia öffnete ihnen die schwere Stahltür zum Servicebereich und ließ sie herein.

»Was für schöne Schals!«, rief sie, als sie die Geschenke von Amy und Miss T. sah.

Miss T. lächelte: »Rico kann Ihnen alles darüber erzählen«, sagte sie.

»Rico?«

Alle nickten, aber keiner hatte mehr die Kraft, eine Erklärung abzugeben.

»Erzählen Sie mir morgen früh davon«, lachte Marcia. »Sie sehen alle so aus, als würden Sie gleich im Stehen einschlafen.«

Winston verabschiedete sich gleich am Fahrstuhl. Er wünschte ihnen eine gute Nacht und fuhr zu seiner eigenen Suite im ersten Stock. Die Aufzugtür klingelte, öffnete sich und alle stiegen ein.

Addie lehnte sich gegen die Wand und schloss die Augen. Sie lächelte und Miss T. bemerkte das.

»Nun, bist du zufrieden, kleines Fräulein?«, fragte die alte Dame.

Addie nickte einfach. Sie hatte sich so verzweifelt gewünscht, Rico helfen zu können, und sie dankte Gott gleich jetzt, dass sie die Gelegenheit gehabt hatten, Gina Marzettis Arbeiten zu sehen. Sie wusste, dass der Herr für die Einzelheiten mit dem Geschäft und für alles andere sorgen würde.

Und Addie war fest überzeugt, dass es für Rico »Zukunft und Hoffnung« geben würde. Immerhin hatte er eine Großmutter, die das »Leuchten« hatte.

Leanne Lucas

Die gestohlene Statue

Abenteuer mit Addie McCormick

Taschenbuch, 160 Seiten
Bestell-Nr. 273.292
Euro 5,90

Bis jetzt hat Miss T. ihre Identität noch geheimhalten können – bis ein lästiger Reporter auftaucht und anfängt Fragen zu stellen.

Plötzlich wird ein in die Jahre gekommener Filmstar gekidnappt und Miss T.'s Statue ist auf einmal verschwunden. Mit dem bis dahin härtesten Abenteuer konfrontiert haben Addie, Nick und Brian bald alle Einzelheiten herausgefunden ... aber werden sie sie auch richtig zusammenreimen können, bevor es zu spät ist?

Gebet hilft, die zerbrochene Freundschaft zwischen Addie und Brian und ihrem Freund Nick zu heilen, rechtzeitig bevor die Drei sich um die verschwundene Statue kümmern müssen.

Band 3 der Serie »Abenteuer mit Addie«.

Christliche Verlagsgesellschaft, Dillenburg